ハヤカワ
時代ミステリ文庫
〈JA1462〉

信長島の惨劇

田中啓文

早川書房

8603

信長島の惨劇

本書は、書き下ろし作品です。

アガサ・クリスティーに

闇、であった。新月だから、というだけではない。ここしばらくこの重苦しい暗闇は京の町を、いや、日本中をすっぽりと覆っているのだ。朝も昼も夜も暗闇なのだ。明かりはどこにも見えぬ。

真夜中はとうに過ぎていた。あと一刻ほどで夜明けだというのに、その直前、太陽を東の山稜に押し返そうとするかのごとく、黒い寒天のようなものが、ひたひた……とその寺を包みつつあった。寺の名は、本能寺である。膨大な量の黒い寒天は無音で本能寺を包囲していく。それは一万三千人の兵卒だった。手に手に刀、槍、弓、火縄銃などを持ち、飢えた狼のような目で寺にじりじりと近づいている。足音はおろか息の音まで殺し、まったくの無音のなか、その包囲網を狭めていく。

闇のなか、本能寺はそそり立つ「城」のようにも見えた。そしてそれはある意味正しかった。じつは信長は、幾度となくこの寺に宿泊しているうちに、周囲に堀や土塀を築かせ、一種の要塞のような機能を持たせていたのだ。

「殿……」

斉藤利三（さいとうとしみつ）は、隣にいる彼の主人、明智日向守光秀（あけちひゅうがのかみみつひで）にささやいた。

「なんだ、内蔵助（くらのすけ）」

内蔵助というのは利三の通称である。

「まことに……おやりなさいまするのか」

「無論だ。ことここに至って翻意したなら、この光秀、生涯の笑いものとなろう。やるのだ」

光秀の口調にはためらいの色がまるでなかった。そして、この状況……長年仕えた主君、織田信長に謀反を起こそう、という、ひとつ間違えば崖っぷちの状況を受け入れ、楽しんでいるかのように思える。

（殿は変わられた……）

利三はそう思った。かつてはなにごとにおいても慎重にも慎重を重ねたやり方をするのが光秀の常であった。それによってこれまでは成功を収めてきたのだ。しかし、今回の挙兵にあたっては、どこか投げやりな、結果がどうなってもよい、というような態度が見受けられる。

「内蔵助、心配か」

「はい……腹蔵なく申し上げて……心配でございまする」

「わしは信長を討つ。我ら一万三千の兵に対して、向こうの手勢はわずかだ。かならず殺せる」

「それはわかっておりまする。肝心なのはそのあとでございます」

「あと、とは？」

「おわかりになりませぬか。右府公を弑したてまつれば、殿は天下さまにおなりあそばします。そうなれば、筑前殿も修理殿も三河殿も、いや、ほかの小大名たちも黙ってはおりますまい。われらは彼奴らと戦い、勝ち進まねばなりませぬ。それができるかどうかが心配でございます」

「ははは……」

光秀は高笑いをしかけ、あわてて手でおのれの口を押さえた。

「そのようなことは、やってみねばわからぬ。そうではないか？」

「ははっ……」

「わしは右府殿をこの手で殺めたい。すべてはそこからはじまり、そこで終わる。あとのことはなるようになる」

「…………」

「それに、わしは三日前に愛宕大権現に参詣したる折、御籤を引いた。——吉、と出た。神仏もわしの勝利を祝うてくれておる」

「なれど、それは……一度目、二度目は凶と出、三度目に引き直してようよう吉が出たものと心得まする」

「ふふふ……内蔵助。たとえ何百度引き直したとて、最後に吉と出ればよいのだ。——そろそろ行くぞ」

含み笑いをする主君の横顔がどす黒い悪意の塊のように見え、斉藤利三は髪の毛が逆立つ思いだった。

(この御仁は変わった……)

利三が内心、ふたたび同じ感想を抱いたとき、光秀は侍大将のひとりで女婿でもある明智秀満に、

「左馬之助、螺役に陣貝を吹かせ、皆のものに一斉に鬨の声を挙げさせよ。信長の荒肝、ひしいでくれるわ」

朗々とした法螺貝の音が高く、低く、京の都に轟いた。兵卒たちが、

「えいえい……おおおう。えいえい……おおおう」

と鬨を作り、足踏みをし、鎧を叩いた。

◇

「なにごとじゃ」

まだ寝入ったばかりだった信長は、騒然たる物音に目を覚ました。

「お蘭、見てまいれ」

信長は半身を起こし、小姓頭（こしょうがしら）の森蘭丸にそう命じた。蘭丸は、ぽっちゃりとした丸顔で耳はうさぎのように長く、桃色の小さな唇をした、信長のお気に入りである。すぐに戻ってきた蘭丸は、

「上さま……謀反にござりまする」

「謀反……？」

信長はにやりと笑い、

「当ててやろうか」

「——は？」

十兵衛というのは、日向守光秀の通称である。

「ははっ……日向守殿、別心でござる」

「やはりな」

信長は満足したように立ち上がり、

「さんざん仕置きをしてやったゆえ、そろそろかと思うておった。——是非に及ばず」

「上さま……上さまは日向殿が謀反を起こされることを知っておられましたか」

「こちらはこれだけの頭数しかおらぬ。向こうは中国攻めのための大軍を率いておる。今日がまさに絶好の機会ではないか。余が十兵衛ならば……」

信長はそこで少し言葉を切ると、

「余が彼奴ならば、今宵を逃すことはない。——お蘭、弓を持て」

「ははっ……上さま、ひとつだけおききしてよろしいか」

「なんだ」

「日向殿に謀反の意あり、とお気づきならば、なにゆえお備えになりませなんだ」

「かかることはしかたのないものよ。備えても無駄になるときもあり、備えずとも片のつくときもある。なにごとにも念を残さぬのがわがやり方じゃ。人間五十年、やりたいことはやった。最後までまことに面白き人生であった」

「まだやり残されたことがございまする」

「なに？」

「天下人におなりあそばし、この国の覇者になられること」

「はっはっはっ……余はそのような任ではない。猿か金柑頭（光秀）、もしくは狸（家康）がそれを成し遂げるやもしれぬが、そんなことはどうでもよい。よいか、お蘭。余はやり残したことはない。わが人生に一片の悔いなし、じゃ」

「私があれほど、日向殿への仕置き、やりすぎでは……とお諫め申しましたるに……」

蘭丸が恨みがましい口調でそう言ったとき、すでに信長は庭へと続く障子を開け放つと同時にすぐそこまで迫っていた敵兵たちに矢を射かけた。矢は過たず、兵士たちの鎧を貫いた。しかし、数の違いはどうにもならない。蘭丸たち小姓衆も刀や薙刀を持って戦ったが、怒濤のように押し寄せてくる明智の軍勢のまえには成すすべもなかった。

信長を守護している家臣のなかに、弥助という男がいた。アフリカ生まれの黒人である。宣教師ヴァリニャーノが信長に拝謁したとき従者として連れていたのを、信長がもらい受け、侍として取り立てたのである。最初、信長は肌の黒い人間がこの世にいるとは信じず、墨を塗っているのではないかと疑って、弥助の身体を水で洗わせた、という。

長身の弥助は二本の槍を縦横に振り回し、みるみる死体の山を築いていく。信長も、弓の弦が切れたあとは刀を摑み、縁側を走り回って雑兵を斬り捨てていく。

「右大臣殿、ござんなれ！」

功名を立てんとした明智方の侍大将のひとりが、信長に向かって刀を突き出した。

「たわけめ！」

信長は脚に刀の切っ先が刺さるのもかまわず、その男の顔面を蹴りつけて縁から落とし、槍で首を刺し貫いた。そこに五、六名の足軽たちが群がり、信長目掛けて斬りかかってきた。信長は落ち着いた態度で槍をふるい、端からひとりずつ確実に倒していった。その凄まじさにはすぐ後ろで戦っていた森蘭丸も瞠目するほどだった。

しかし、それも長くは続かなかった。たたん、たたん……と鉄砲の音がして、信長の胸から血潮が噴き出した。

「これまでか……」

信長は槍を捨てると、うっすらと笑みを浮かべながら奥の座敷へと引っ込み、

「お蘭……燭台を持て」

蘭丸は強くかぶりを振り、

「まだおあきらめになるのは尚早と存じたてまつりまする」

「あきらめたわけではない。みずから幕を閉じるだけじゃ」

信長は、蘭丸が手渡した燭台の火をおのれの衣服に移した。

「と、殿……」

信長は生きる燭台と化して、燃え上がった。頭の先から炎が立ち上がっている。それは本能寺の天井に燃え移り、左右に分かれて赤い竜のように走った。みるみるその部屋は火に包まれ、壁も天井も床も「赤」に染まった。

「はははは……ぐはははははは……」

信長は笑っている。しかし、蘭丸には信長の目が笑っていないように思えた。信長は冷静なのだ。みずからの身体に火を放ったことも含め、冷静にこの状況を受け止めている。燃え上がる信長の姿に蘭丸は恐怖を抱いた。

（第六天魔王……）

そんな言葉が蘭丸の頭に去来した瞬間、ごうおおっ……という熱風が梁を倒した。

（なぜ、こんなことになったのか……）

天下をほぼ手中にした、と思えた信長の思わぬ最期を目の当たりにした蘭丸は、ここしばらくのできごとを思い返していた。

◇

天正十年五月半ば。明智日向守光秀は、主君織田信長から三河の徳川家康の饗応役を命じられた。

「十兵衛、手抜かりすなよ」

信長は、新築なった安土城の居室で光秀にそう言った。相変わらずうえから押さえつけるような威圧的な口調だった。見えない石を載せられたように光秀の後頭部がきりきりと痛んだ。

（わしが三河殿の接待を……）

むずかしいことになった、と光秀は思った。彼は主君信長の性格をよく知っている。

「手抜かりすなよ」というのは、

（しくじったら、腹を切れ）

というほどの意味合いなのだ。信長という男は、たとえ相手が武将としてどれだけ優れており、今後どのような活躍を見せて織田家に貢献するか、ということがわかっていようと、ほんの些細なしくじりを種に殺してしまう。その場でのおのれの怒りを抑えることができないのである。

（三河殿がお泊りになられる場所の部屋は残らず畳替えをし、布団は絹、湯殿も新品の檜風呂を支度しよう。かしずく女も選りすぐり、能狂言などの余興も行って、すべてにおいて第一級のもてなしをせねばならぬ。いくら金がかかってもしかたがない……）

光秀はそう覚悟して、ありとあらゆる手を使い、饗応の支度に取り掛かった。

七年まえ、信長と家康は、長篠の合戦においてあの最強を誇った武田勝頼の軍勢を打ち破った。とどめこそ刺さなかったが、まさに一方的な大勝利であった。「鉄砲」という新たな武器を縦横に駆使したことが勝因だったが、この戦いによって、信玄以来の一大勢力がほとんど壊滅に近い打撃を受けたのだ。戦国の版図は一変し、信長は天下人に向けて大きく前進した。

しかし、信長は家康に対してさほどの恩賞を与えなかった。家康は、羽柴秀吉や柴田勝家、そして光秀らのような「織田家の家臣」ではない。三河国の領主であり、織田家に協力する一大名である。おのれの家臣が手柄を立てればなにか褒美を渡すのが当然だが、同盟者に領地を与えたりすれば、そのものの勢力を増すことになる。昨日の同盟者が今日の敵、というのが今のこの国の常識である。信長は、そういうところはじつに厳しい考えを持っていた。

しかし、先々月、いまだ生き延びていた武田勝頼を織田家の家臣滝川一益が討った。武田家は滅亡したのである。だれもが国盗りに明け暮れる日々のなかにわずかな静謐が生まれ、ふと信長は家康への恩賞のことを思った。

（手柄に比して、あまりに貧弱であった。これでは世間も、またわが家臣どももわしをしみったれと思うであろう……）

そう考えた信長は、家康に長年の恩義の報いとして駿河国を与えたのである。それまで家康の所領であった三河、遠江に加えて三国目だ。武田軍をともに打ち破った同盟者への褒美としては足りないかもしれぬが、家康はありがたくその仰せを受けた。そして、駿河国を賜った礼を言上するため国を発ち、安土城に赴いたのだ。供連れは本田忠勝や酒井忠次などたった三十三騎であったと伝えられる。

城にて信長との対面を済ませ、宿所となる大宝坊に戻ってきた家康を玄関まで出迎えたのは光秀自身だった。

「おお、三河殿、よう来られた」

光秀は両手を広げる大仰な仕草で家康一行を招き入れた。

「安土のお城へは参られたか」

「今、拝見してきたところでござる。いやはやたいへんな城。山裾より見上げるだけでもその威容に打たれ、自然（じねん）と言葉がなくなりまする。まさに右府殿を見るのと同じでござった」

家康はさりげなく光秀の主である信長をほめた。光秀は一瞬顔を曇らせて、

「その右府公でござるが……いかような様子でござったか」

家康は内心首を傾げた。家臣がおのれの主人の様子を他人にたずねるというのも異なものではないか……。

「右府公にはご機嫌うるわしく、遠路よう参られた、大儀である、とわざわざ立ち上がってそれがしの手を取られ、さぞや喉が渇いたであろう、とおん自ら茶を点（た）ててふるもうてくだされた」

「左様でござるか。それならば重畳（ちょうじょう）……」

「なにかござったるか」

「じつはもう間もなくわが君がこちらに参られる」

「ほう……それはまたなにゆえ」

「それがしが三河殿にいかなる料理をふるまうのか、事前にそれを検分する、と申しておいでじゃ。それがし、三河殿の接待役仰せつかって以来、材料も京や堺に手を回して山海の珍物を選りすぐり、包丁人も腕のよきものを集めるなど、最高のもてなしができ

るよう心を砕いておりまするが、果たしてわが君の御意に召すや召さぬやとんとわかり申さぬ。粗相があっては、と心が重うござる。わが君さまも、料理のことなどわれらに任せておけばよいものを、万事おのれが確かめねば相すまぬようじゃ」

「そこまでしていただかずとも、日向殿がお手配りに遺漏あろうはずもない。とは申せ、信長公のそれがしへの歓待のお気持ちの表れ、なんともありがたきことでござる」

「ではござるが……ほれ、あのようなご気性のお方ゆえ、なにを言いだされるかわかりかねることが多ござってな……以前にもそれがしが、甲州平定には我ら織田家家臣一同骨折りをしたものよ、と諸将との夜話の席で口を滑らしただけで、『十兵衛、貴様になんの骨折りがあったるか！』と突然怒鳴りつけられ、皆のまえでもとどりを摑まれて額を壁に何度も打ちつけられ申した。流れる血潮が目に入り、あのときはさすがに、おのれを抑えるのが難しゅうござった……。以来、わが君がなにを言い出されるか、といつも恐ろしゅうござる」

「それはそれは……なにぶんにも荒き気立てのおん大将、お仕えする方々のご苦労、この家康、お察し申し上げる。日向殿のまえゆえ申し上げるのを控えておりましたが、先ほど安土の城の舞台にて能や踊りの披露がござった」

「それがしも承って（うけたまわって）ござる。四座の達者（名人）が揃うての興行とか。それがしは料理の支度があったるゆえ失礼いたしたが……」

「それがその……なかに梅若大夫なる猿楽師がおり、そのものの舞が右大臣の御意にそまなかったらしく、『おのれ、梅若！　気の抜けた舞で余を愚弄するか！』と見物の途中でいきなり舞台に飛び出していき、梅若を殴りつけたのでござる」

「……………」

「刀を抜かんとなされたのでご家来衆が懸命に止め、ことなきを得申した。そのすぐまえまでは信長さまも機嫌よく観ておいでてござったゆえ、驚きました」

光秀は顔を伏せ、

「そのようなことがござったか……。すまじきものは宮仕え、とは申すが、この光秀、若かりしころは越前の朝倉に仕え、朝倉滅びしのちは将軍家に仕え、今また右府公に仕え、針の筵に座るがごとき日々……三河殿のような独り立ちのお方がうらやましゅうてなりませぬ」

「ははははは……なにを申される。これはこれで、いつ滅ぼされるかわからぬ憂いあり」

「他人の飯は白い、とはこのことでござるな。近頃は朝からつむりが痛く、また、なにごとをするにも身体がけだるい。一度、医者に診てもらおうと思うておるほどでござるわい」

哀しげに笑う光秀に家康は、

「それがし、幼少時よりおちこちの大名家にて人質として過ごしたる経験から、おのれの身体にいたって気遣いするようになり申してな、みずから薬を取り寄せ、あれこれ調合して服用しております。日向殿の気鬱の病によう効く薬を、今度持参いたしましょう」

「はは……かたじけない」

家康はそのときふと思いついたように、

「今から膳部の支度をなさる、というのであれば、わが臣に丸山左京と申すものこれあり、こやつが武辺には珍しく料理に心得あるものにて、戦場にあっても城にあってもつねに魚をさばき、青物を煮、味噌醤油を調え、われらの舌を喜ばさんとする生粋の料理好き。日向殿の集めた包丁人どもの煮炊きのさま、さぞかしこのものの手本となろうと存ずる。もし、差しさわりなくば、台所にて彼らの料理を見せていただけぬものでござろうか」

「おお、その儀なれば差し支えなし。存分にご見学なされよ。――では、これにて失礼つかまつる」

光秀はあたふたと席を立った。

（戦においては鬼神の働きをなさり、数々の手柄を立てられた日向守殿ほどの武将があれほど怯えるというのは、信長公はよほど厳しいしつけを家臣に施しているとみえる。しかし、かかる心の細きことで、向後のご奉公が務まるのかのう……）

家康はそのまま座敷にとどまり、家臣たちとともに茶を喫していると、玄関から馬のいななく声やどたどたという落ち着きのない足音がした。

「日向……十兵衛はおるか！」

甲高く、しかも太い声。信長のものだ。家康はあわてて腰を浮かしかけたが、関わりにならぬ方がよいと思い直したか、そのまま茶碗を持って座り直した。台所の方から信長、光秀主従の会話が聞こえてくる。

「わが君さまにはご機嫌うるわしゅう……」

「そのようなことどうでもよいわ！　三河殿にふるまう膳というのはいずれにある」

「ははっ……こちらにござりまする。それがし、御屋形さまより三河殿の饗応役申しつけられて以来、一心に献立を工夫いたしました。これが一の膳にて、泉州より今朝ほど取り寄せたるビワマス、アユ……」

「食材の講釈、聞きとうない。箸を寄越せ」

雑な食べ方をしているらしい、むしゃむしゃ、という音が聞こえた。しばらくして、

「は……ははっ」

「光秀……なんじゃこれは！」

「と、申されますと……？」

「腐っておる！」

「ま、まさか……」

「まさかと思わばおのれが食ろうてみよ。かかるものが食えるか！　貴様……これを三河殿とそのご家来衆にお出しするつもりであったか。余の顔に泥を塗り、三河殿と余の仲を裂こうといたしたか」

「御屋形さま……それはあまりなお言葉。この光秀、三河殿の心を打たんと金に飽かさず食材を取りそろえ、京でも名高い包丁人を集めて最高の料理でもてなさんと心掛け……」

「たわけ！　かかる生臭きもの、食えると思うてか！　余に恥をかかせよった。光秀、そこへ直れ！」

こうなっては仕方がない。家康は数名の家臣とともに勝手元に向かったが、そこで目にしたのは悲惨なありさまだった。信長が、左手で光秀の襟髪を摑み、右手で料理を鷲

摑みにしてその口に押し込んでいた。家康は先に来ていた丸山左京に小声で、

「なにがあったのだ」

「ははっ。急に入ってこられた右府公がこの臭いにお気づきになり……」

「なに……？」

言われてみれば、勝手元にはなにやら生臭い臭いがうっすらと漂っていた。光秀は涙を流しながら、

「御屋形さま……お許しを……お許しを……」

「ならぬ。食え……食うのだ」

家康は両者のあいだに分け入り、

「右府殿……なにがあったかは知らぬが、どうか心をお鎮めくだされ」

「おお、三河殿か。これなる金柑頭めにおことの接待を申しつけたるところ、とんだ不(ぶ)調法(ちょうほう)をしでかしよったがゆえ、折檻(せっかん)しておったところじゃ。どうかご看過くだされ」

看過せよ、と言われてもなかなかそうはいかぬ。家康は信長に向かってひたすら頭を下げ、

「そうでもございましょうが、それがしに免じてどうぞお許しを……」

客人にそこまでされると、さすがの信長も手をゆるめざるをえず、

「十兵衛……三河殿のとりなしに感謝せよ」

光秀は荒い息を吐き、涙を床にこぼしながら、

「三河殿……かたじけのうござる……」

信長は、きっと光秀をにらみすえ、

「で、どうじゃ。おのれが食ろうてみて、この料理、腐っておるかどうか申してみよ」

その返事がよくなかった。

「腐って……はおりませぬ。ただ、少しばかり傷んでいたのかもしれませ……」

「まだ抜かすか！」

信長は光秀を張り飛ばした。信長の手はひとより大きい。棕櫚の葉のようである。家康には、光秀の顔が一瞬ぐんにゃりと歪んだように見えた。

「この臭いが腐っていた証じゃ。しくじりあった、と思うなら、潔う認めて腹を切れ。ぐだぐだと言い訳は見苦しいぞ、十兵衛」

「な、なれど、それがしは朝から、用いる葉っぱの一枚、木の実のひと粒にいたるまで材料の吟味を重ね、落ち度なきよう心を配り、虫がついてはおらぬか、ゴミが混じってはおらぬか、と検めてござりまする。ましてや、腐っておるなど……」

家康はため息をついた。

（日向殿はわかっておられぬのぅ……）

こういう場合、信長はくどくどと弁明や反論されることを好まぬ。どちらが正しいか、はどうでもよい。下のものは信長の気が変わるまでひたすら謝るしかない。まともな理屈は通じぬ相手……獣なのだ。

「――十兵衛」

「はっ」

「腹を切れ。それが三河殿に対するただひとつの責めの負い方ぞ」

光秀は蒼白になった。家康はなにかとりなしの言葉を口にしようと思ったが、うっかりしたことを言うとおのれにとばっちりが来る。逡巡しているうちに、信長は後ろに控えていた小姓の森蘭丸に、

「お蘭、刀を寄越せ」

十代も後半だが信長の好みによりいまだ前髪立ちの蘭丸は、無表情ですぐに刀を信長に手渡した。蘭丸はこれまで信長の意志に逆らったことは一度もない。おのれの考えを持たず、ひたすら信長の考えを実現する……それが蘭丸の処世術だった。信長はこめかみに稲妻を走らせながら刀を抜いた。光秀はあわてて、

「お、お許しくだされ。それがしが悪うございました」

しかし、信長は光秀目掛けて刀を振り下ろした。信長が本気だと覚(さと)った光秀は身体を捻じ曲げるようにしてその一太刀をかわすと、勝手元から走り出た。

「十兵衛、待てい！」

信長も追う。野獣のような走り方だ。見ていた家康は恐怖に小便を漏らしそうになった。

「お許しを……お許しを……！」

叫びながら逃げ惑う光秀の姿は、三十四万石の大大名とはとても思えぬみじめなものだった。

「ええい、ならぬ。貴様の素っ首(そっくび)この手で切り落としてやる！」

光秀は大宝坊の建物から階段を駆け下り、外に逃れようとしたが、その直前でおのれの着物の裾を踏んで転倒した。続く信長も急には止まれず、光秀にのしかかるような形で倒れた。ふたりの身体はもつれ、絡まり合うようにして階段を落ちていった。そして最下段で大きく跳ね、地面に叩きつけられて、動かなくなった。

「殿！」

森蘭丸が駆け寄ろうとしたとき、

「早馬にござる！　上さまこちらにお越しとうかがい、参上仕(つかまつ)った。備中の筑州殿より火急の報せにござる！」

信長の家臣のひとりが叫ぶのが見えた。筑州というのは筑前守、すなわち羽柴秀吉のことである。備中高松城の毛利を攻めている秀吉からの報せは、今信長がもっとも待ち望んでいるもののはずであった。森蘭丸はその男に、

「しばしそこに控えておれ」

そう言いながら信長を抱き起こし、

「殿……殿……しっかりしてくだされ！」

信長はうっすら目を開け、

「蘭丸か……わしはいったいどうしたのじゃ……」

「日向守殿とぶつかって、気を失われたのでございます。大事ございませぬか」

「日向守と……？」

信長はなにやら考え込んでいる様子だったが、傍らに倒れている光秀をじっと見つめ、

「わしは……わしは……」

幾度となくそうつぶやいたあと、

「うう……つむりが痛む……」

「すぐに布団を敷き、医者を呼びまする。——あと、日向守殿の始末はいかがいたしま

しょうか」

「日向の、か？」

信長はふたたび動かぬ光秀に目をやった。

「はい。お忘れですか？　殿は、日向守殿のお仕度なされた料理が腐っているとお怒りになられ、日向殿を手討ちになさろうとしておいででした」

ぶつかった衝撃で軽い健忘症になったのでは、と思いながら蘭丸は言った。

「そうであったか。——三河殿はいずれじゃ」

信長は家康にいきなり声をかけた。家康は汗びっしょりで、

「はっ……ここにおりまする」

「おことが食するまえでよかった。三河殿の毒見の役目、務めさせてもろうたぞ。はっはっはっはっ……」

信長は明るく笑い、家康は胸を撫で下ろした。信長は傍らにいる家臣に目を止め、

「貴様は何用あってここにおる」

「恐れながら、備中にて高松城を水攻めしておられる羽柴秀吉殿からの火急の報せが届いております」

「なに？　それを早う申せ」

　男は書状を信長に差し出した。信長は手早く目を通して、

「ふははは……猿め。おのれ一人(いちにん)では手に負えぬと、余の出馬を乞うてきよったわい。よかろう、余が自ら乗り込んで毛利を滅ぼしてくれんず。まずは、だれかを先にやらねばならぬが……」

　信長はしばらく考えたあと、

「十兵衛に行かせる」

「ひ、日向殿にでございまするか」

　蘭丸はまだ倒れたままの光秀をちらと見た。

「うむ。こやつならば猿とともにうまく働いてくれようぞ。手当てをしてやれ」

「は、はい……。では、日向守殿御(おん)仕置きの儀は……？」

　信長は目のまえに転がっている刀に目をやり、

「もうよい」

「なれど……」

「よい、と申しておる。今は、合戦が第一じゃ。忘れてとらす」

「はっ」

「三河殿の饗応の役はほかのものに改める。――三河殿、ゆるりとお過ごしになられよ。

安土を離れしのちは京の都は無論のこと、大坂、奈良、堺にまで足を延ばしてご見物になられてはいかがかな。案内役として、丹羽長秀、長谷川秀一、津田信澄などをおつけいたそう」

「ははっ……」

家康は頭を下げるしかない。森蘭丸はあわてて光秀を揺り動かし、

「日向殿……日向殿、ただいまご上意下りましたるぞ。日向殿……日向殿！」

しかし、光秀は蛙のようにぺしゃんこになり白目を剝いたままだった。

「水でもかけてやれば蘇生いたそう。――あとは任せたぞ」

高笑いして歩き出した信長の心はすでに備中に飛んでいるようであった。

その後、ようよう意識を取り戻した光秀は、饗応役の解任や秀吉の応援に備中へ行かねばならぬことなど、蘭丸から一部始終を聞き、しばらくはわけがわからず錯乱していたようであったが、そのうちに激昂しはじめ、せっかく調えた料理や食材の数々を器もろとも大宝坊の堀に放り込んだ、という。

応仁の乱以降長く続いた戦国の世も終わろうとしていた。どのような形で終わるか、はまだだれにもわからなかったが、もっとも天下人に近い存在と思われていた今川義元、上杉謙信、武田信玄らが心ならずも脱落するなか、大きく勢力を拡大したのは織田信長

であった。信長は、戦において敵に容赦はしなかった。小競り合いを繰り返して抑え込む、といったことはせず、ひたすら侵攻し、蹂躙し、殲滅した。相手が武将ではなく、本願寺や加賀一向宗などの信徒でも手を抜くことはなかった。諸大名は「織田に就くか否か」の二択を迫られた。

京の将軍足利義昭はすでに死に体で、残る大勢力は四国の長宗我部元親、中国の毛利輝元、九州の島津義久らであったが、彼らは所詮地方大名であり、しかも信長は着々と彼らをも攻略しつつあった。その手始めが羽柴秀吉による毛利攻めであり、これに成功すれば信長は中国地方をほぼ手中に収め、天下布武に向けての大きな一歩を踏み出すことになるのだ。

信長の家臣のうち、その豪快で荒々しい気性から「鬼の権六」と称された柴田勝家は、前田利家らとともに上杉景勝と対峙していた。織田勢の大軍に囲まれた景勝の魚津城はほとんど落城寸前だった。勝家がこの戦に勝てば信長は越中をほぼ陥落させたことになる。また、三男の信孝を総大将とする軍団を四国に送り込み、長宗我部元親を攻略することを決めていた。そのような状況下にあって、信長は日々、馬のように精力的に動き回り、家臣たちにも同じことを要求した。光秀、秀吉、勝家……といった大名たちを一日も休ませずに酷使し、家臣たちは眠る時間を削って必死にその命に応えた。応えなければ譜代の重臣であろうとお払い箱にされ、下手をすると殺されてしまうのだから当然である。

多大な戦功を挙げたにもかかわらず、突然、高野山へ追放された佐久間信盛、二十四年もまえの過失を蒸し返されて追放になった林秀貞など、信長の気まぐれによって人生を狂わされた武将は数多い。それゆえ光秀、秀吉、勝家らも安穏とはしておれなかった。もちろん家康などの同盟者たちも同様である。それまでどれほど友好な関係を保っていたとしても、ある朝起きたら城を織田家の大軍が取り巻いていた……ということは十分にありうるのだ。そんなひりひりした空気のなかで武将たちも、またその家臣たち、足軽、町人、百姓衆に至るまでもが過ごしていたのである。

「十兵衛……十兵衛は参っておるか！」

安土城の居間に呼びつけられた光秀は、またしても信長から悪罵を浴びせられていた。大金と手間をかけて支度していた家康の饗応役を解かれてからも、信長の光秀への虐待は続いていた。いや、日に日にその度合いが増している、と言ってもよかった。言葉での暴力、物理的な暴力、その両面で信長は光秀を追い詰めていく。

「は、はい……こちらにおりまする」

「なにをのろのろいたしておる！　余はとうに、高松城に向けて出発したものと思うておったぞ」

「御屋形さまが、それがしに申し聞かせることがあるゆえしばし出立を待て、とおっしゃった、と蘭丸殿からうかがいましたので、それで……」

「口答えいたすかっ！」

信長は鉄扇を投げつけた。それは手裏剣のように飛び、光秀の額を割った。血がたらたら……と流れた。光秀は額を押さえ、

「お、おのれ……」

「どうした？　その目はなんだ。余に逆らうというのか。面白い、やってみせい。刀をくれてやろうか？　お蘭、余の刀を光秀めに渡してやれ」

「い、いえ……滅相もございませぬ。今から坂本城に戻りまして、早々に支度をいたし……」

「それでよいのじゃ。おのれはからくり人形のように余の言うとおり動いておればよい。――十兵衛、ただいまよりその方に上意を申し渡す。心して聞け」

「ははっ……」

光秀は懐紙で額を押さえたまま平伏した。

「おまえの領地である近江と丹波、たった今召し上げる。よいな」

「は……？」

「よいな、と申したのじゃ。聞こえなんだのか」

「いえ……そのまえでございます。よいな、とおっしゃるまえになんと申されました」

「領地を召し上げる、と申したのじゃ」

「お言葉ではございますが、近江も丹波もそれがし、領民大事と思うて心砕き、長年統べてまいりました土地にて、急なお召し上げはあまりのお仕打ちかと……」

「嫌じゃ、と申すか」

「領地を召し上げられましては、この光秀、裸になったるも同然。明日からいかに過ごしましょう」

「心配いらぬ。代わりの国をやる。出雲と石見じゃ。よき話であろう」

光秀は呆然とした顔で主君を見つめた。無理もない。出雲も石見も、今、羽柴秀吉が戦っている毛利家の所領なのである。信長の手に入るかどうかわからない。つまりは空手形だ。

「御屋形さま……出雲と石見はいまだ毛利家のものにて……」

そう言いかけた途端、信長はムッとした表情になり、

「なに？　十兵衛、貴様、毛利との戦に余が敗れるとでも申すか！」

「い、いえ、そういうわけではございませぬが、勝敗は時の運。もし、お味方総崩れとなった暁には和睦の道もありうるか、と存じまする。そのとき光秀は所領のない身のうえとなり申す。せめて、毛利との戦に勝ちを得るまで、近江と丹波の召し上げ、お待ちくださいますよう……」

「ならぬ。その二国はすでにあるものに与えてしもうたのじゃ」

「なんと気の早い……その『あるもの』とは……？」

「ふふふ……ここにおる森蘭丸じゃ。お蘭がどうしても欲しいと申したのでくれてやることにした。悪いか？」

「………」

「返事がないところをみると、承知だのう。余がその方に言いたかったのはこのことじゃ。心置きなく中国に参り、猿めに加勢いたせ。余もおっつけ参るであろう」

「御屋形さま……そもそも筑前が高松城を攻めあぐねておるゆえそれがしが参るのだとすりゃ、それがしが筑前の配下になることが解せませぬ。功を挙げられなんだ筑前こそ、わが配下になるべきではございませぬか。そのうえ近江と丹波をお召し上げとは……お考え直しくだされたし」

「言うな、十兵衛。もう決めたことじゃ。早う参れ。いつまでもくどくどと女々しき戯（ざれ）

言をわしに聞かせるな。この手で出雲と石見、奪ってみせまする、ぐらいの覇気を見せよ」

「なれど……」

「やかましい！」

信長は突然立ち上がると、光秀の顔面を素足で蹴りつけた。

「うがっ……」

光秀は鼻先を蹴られ、仰向けにひっくり返った。信長はにやりと笑い、足早に居間から出ていった。森蘭丸が急いで後を追った。光秀は起き上がると、射殺すような目つきで信長が去ったあたりをにらみつけていたが、

「許さぬ……許さぬぞ」

そうつぶやいた。

信長に追いついた蘭丸は、

「よろしいのでございまするか」

「なにがだ」

「日向殿への日毎の叱責、あまりに過ぎまするると別心を招くかもしれませぬ」

「ふふふ……お蘭、余は十兵衛が憎うてたまらぬのだ。彼奴が造反するならばそれで

もよい。いじめていじめていじめ抜いてやる」

森蘭丸は信長の冷えびえとした声音に慄然とした。

◇

光秀は、信長に命じられたとおり、安土から近江の坂本城に戻り、中国出陣の支度に取りかかった。二十六日には坂本城から丹波の亀山城に入った。翌日、愛宕大権現に参詣して御神籤を引いたあと、二十八日には連歌の会を催した。これは、戦に臨むときに戦国武将が験かつぎによく行うことであり、ここでの百韻における光秀の発句は、

「ときは今　あめが下しる　五月哉」

であった。

この二十八日までに、光秀に「なにかがあった」のだ。それがなんだったのかは本人以外にはわからない。しかし、それは光秀の心境を大きく変化させるできごとだったと考えられる。

そして、運命の日が来た。二十九日、信長はわずかの供を従えて本能寺に入った。その数百五十名とも二、三十名ともいう。しかも、そのほとんどが小姓たちであって、侍

は連れていなかった。翌日、六月一日に茶会が催され、そのあと酒肴が供された。嫡男の信忠も加わり、にぎやかな宴となった。深夜に至って信忠は宿所の妙覚寺に戻り、そのあと信長は囲碁の対局を見物してから上機嫌で床についた。

同じ日の夕刻、光秀は一万三千の兵を率いて亀山城を出立し、野城というところで全軍勢ぞろいをした。信長からの命令は「備中の毛利と戦っている羽柴秀吉軍への加勢」だったから、配下のものたちは西ではなく東へと向かうその行程に不審を持ったが、

「堺にいる徳川家康を討ち取りにいくのだ」

「いや、信長公が閲兵をしたいとの意向ゆえ、まずは京に向かうのだ」

などと言い合いながら、真夜中を越えて桂川に到着したところで、光秀は全軍に彼の意図するところを告げた。

「敵は本能寺にあり。その方ども、手柄次第によって恩賞望みのままとする。ここを先途と働き、功を挙げれば、出世は思うさまぞ」

敵は本能寺にあり、敵は本能寺にあり、敵は本能寺にあり……その言葉が武将、物頭から足軽、草履取りたちに至るまで熱気を伴って伝達された。

「あの鬼神のごとき右府公をわが殿が討てるのか……」

と勝利を危ぶむ声も聞かれたが、わああっ……という鬨の声に包まれ、飲み込まれて

しまった。歴史の転換点にいるのだ、という高揚感が、皆から冷静な判断を奪っていたのだ。

そして、本能寺の変が始まった。

◇

無残に焼け崩れた本能寺からからくも脱出した弥助は、襲い掛かってくる光秀勢を斬り払い、薙ぎ払い、なんとか血路を開いて、妙覚寺の信忠のところへとたどりついた。身体中に返り血を浴びた弥助から光秀謀反の急報を聞いて信忠は呆然としたが、家臣たちの進言もあり、隣接している二条新御所に立て籠もった。しかし、本能寺を壊滅させた明智軍はすぐに二条城を、蟻の這い出る隙もないほどに取り囲んでしまった。

「もはやこれまで。父上のところに参ろう」

信忠は腹を切った。こうして戦は終わった。

光秀の家臣たちは、本能寺の焼け跡から信長の遺骸を探し出そうとしたが、建物自体が一塊の炭と化してしまっていて、男女の別はおろか、木材と人間の区別もつかぬほどだった。死体は無数にあり、そのほとんどが黒焦げになっていた。斉藤利三はさぞや光秀がいらだつだろうと思ったが、案に相違して、光秀は信長の首には執着しなかった。

「彼奴がたしかに死んだのならば、それでよい。首など見とうもないわ」

そう吐き捨てた。斉藤利三は大いにうなずき、

「ごもっともにござる。大事なのは、向後のこと」

信長、信忠父子を弑した光秀は、一旦、勝龍寺城に入り、重臣たちと鳩首(きゅうしゅ)していた。

「向後? 向後とはなんだ。わしはもうやるべきことを終えたのだ」

「なにをおっしゃる。すべてはこれからでござる」

「わしの目途は、信長を誅すること。それを成し遂げたる今は清々とした気分だ」

「お戯れを。殿はこれより天下人におなりあそばす。そのためにはまず、悪逆非道の右府殿を天に代わって討ち取ったることを広く喧伝し、お味方を増やし、敵対するものを打ち砕くことでござる。その筆頭は織田家家臣のなかではおそらく羽柴筑前殿、柴田修理殿を筆頭に丹羽長秀殿、滝川彦右衛門殿……また、毛利輝元殿、長宗我部元親殿、上杉景勝殿、北条氏直殿、徳川家康殿……らも虎視眈々と右府殿亡きあとの天下を狙うておられるはず。そのうちどれほどが味方となり、どれほどが敵となるか……早急に手を打たねばなりませぬ」

光秀は面倒くさそうに首筋を掻き、

「手を打つ、とは？」

「殿おん自ら書状を書き送り、恩賞を約し、味方になってくれるようらながすのです」

明智左馬之助が身を乗り出し、

「かかる折には、どのようなことが起きるかわからぬもの。わが党と信じていたものどもが、弁舌上手き羽柴筑前殿や、織田家筆頭の柴田権六殿などの懐柔によって寝返るかもしれませぬ。殿となじみ深き細川藤孝殿、忠興殿、筒井順慶坊殿、池田恒興殿、高山右近殿、中川清秀殿などにも書状を送り、結束を固めねば……」

「わしは疲れた。しばらく眠りたい。書状はその方どもがよきにはかろうてくれ」

「なりませぬ。殿のご直筆にあらねば諸将は動きませぬ。それに、今からご出立のお仕度をしていただかねば……」

「出立？　いずれに参るのだ」

「安土にござります。殿が右府公に取って代わり、天下の主となられたことをあまねく伝えるには、右府公の居城であった安土城に入るのが一番と心得まする」

光秀は欠伸（あくび）をして、

「さようか。やむをえぬのう」

斉藤利三は舌を巻いた。

（この落ち着きぶりはどうだ。もはや天下に望みなし、という恬淡たる態度……もしかすると、筑前殿や権六殿、三河殿などを退けてまことによき天下人となられるかもしれぬ……）

しかし、ことは光秀主従の考えるようには運ばなかった。安土城に入城しようとしたが、郷士に橋を焼かれて果たせなかったのだ。やむなく彼らは坂本城へ引き返し、各地の諸将に同心を乞い願う書状を発した。

だが、ほとんどの大名や国衆たちは光秀への助力を拒んだ。光秀の行為は主殺しであり、大義名分がなかった。しかも、信長を殺したあとの天下取りに対する策略があいまいである。本能寺での謀反も、中国に向かう途上での突然の思いつきによる発作的行動のようにも見えた。光秀に加担するとおのれの評判を下げる恐れがあった。

結局光秀は、橋を修繕して六月五日に安土城に入った。本能寺の変から三日後のことである。そして、そこに四日間とどまった。なんとものんびりした話であるが、そのあいだ光秀は斉藤利三らに尻を叩かれて各大名への書状をしたためていたのである。

しかし、明智の重臣たちがもっとも同心を期待したかつての同僚であり親戚でもある細川藤孝、忠興父子は早々と光秀を見限った。一時の情にほだされてこの争いに巻き込まれては自家の滅亡につながる、と藤孝は頭を丸めて坊主になってしまった。代わって細川家当主となった忠興は、正室であった光秀の娘玉を丹後国の三戸野に幽閉し、光秀との関わりを断った。

これに端を発するがごとく、諸大名はつぎつぎと光秀への助力を拒みはじめた。これまでの関係から、間違いなく味方してくれるだろうと思われた大和の筒井順慶法師までもが、光秀からの再三の書状を無視した。

そして、光秀の家臣たちが耳を疑うような報せがもたらされた。もっとも強敵と考えられていた羽柴筑前守秀吉が、大軍を率いて京に攻め上ってくる、というのだ。

「筑前殿は毛利攻めで備中におられるはずではないか！」

その報を聞いて斉藤利三は叫んだが、信長逝去を知った秀吉は毛利家と瞬時に和睦して事態を平定したうえで、恐るべき勢いで山陽道を取って返し、すでに明石のあたりまで戻ってきている、というのだ。利三の思惑では、秀吉は信長の弔い合戦を挑んでくるだろうが、それはまだ十日以上も先だと考えていた。諸大名を味方に勧誘し、自軍の備えも十分に整えてから迎え撃てばよい……と思っていたのだ。

「まさか……速すぎる。いまだ毛利と対峙しておるものとばかり思うていた。どのような手を使うたのだ……」

利三は呻いたが、光秀はうれしそうに言った。

「ふっふ……さようか。猿め、やりおる」

柴田勝家は、越中における上杉景勝との戦に手間取っており、領国である越後へは戻れぬ状況のようだ。徳川家康はわずかな家臣とともに堺にいる。どうやら光秀が戦うべき相手は羽柴秀吉に定まったようである。

「このままではあと四日ほどで羽柴軍は京に到着いたしまするぞ。その勢いは盛んにて、鬼神も恐れぬものでありましょう。一旦、坂本の城に籠って陣を整え……」

「無用だ。ここ、京にて猿と雌雄を決する」

明智左馬之助が、

「恐れながら、それはよき思案ではございますまい。毛利攻めに当たっていた筑前殿の兵力はおよそ二万ほど。しかも、上京に従って味方する諸将が増え、今ではおおよそ三万五千ほど。それに比して、われらの手勢は一万六千ばかり……」

途中で秀吉軍に合流した丹羽長秀や織田信孝らの軍勢に加え、織田家において光秀の組下大名を務めていた高山右近、中川瀬兵衛、池田恒興といった摂津の諸将たちもこぞって秀吉に与(くみ)することとなった。

「左馬之助……おまえは右府殿が桶狭間にて今川治部大輔(じぶたいふ)二万五千の大軍をたった三千の兵にて打ち破ったること忘れたか。戦というものは時の運。それを得たるものが勝つのだ」

「ははっ……」

左馬之助は、おのれが弑した信長をほめるが如き光秀の言の葉にとまどったが、

「では、どうあっても京にて決戦を……」

「京の市中にて戦えば、禁裏（きんり）をはじめ多くの畏（かしこ）き御方（おんかた）に迷惑をかける。山崎まで出て、猿めを迎え撃つ」

光秀の言葉は力強かった。

「ご勝算はいずれに……？」

「勝算？　そのようなものはない。本能寺にて御屋形さまを討ったるときと同じよ。わしが猿に負けたら、それはわしの器量がそこまでだった、ということだ。羽柴軍との一戦、いずれが勝つか……まっこと楽しみである」

斉藤利三も明智左馬之助も、投げやりのようなその返答に言い返す言の葉が見つからなかった。

「久々の戦だ。胸が高鳴るわい。この手で猿めの首取ってくれんず」

こどものようにはしゃぐ光秀をよそに、利三たちは戦の支度におおわらわとなった。

羽柴秀吉は十一日には尼崎城に到着していた。京までは目と鼻の先の場所である。光

秀の家臣たちは必死になって兵力を増強しようとしたが、野営の陣のことゆえ思うようにはいかぬ。翌十二日、秀吉軍は富田で軍議を行い、その結果、高山右近が先鋒に抜擢された。

高山右近はジュストの洗礼名を持つ切支丹（キリシタン）大名で、織田家においては明智光秀の組に配属され、その与力衆を務めていた。その上役だった光秀と戦うわけだ。

十三日に両軍は天王山で相まみえた。

「相手は主殺しの大罪人である。天の許さぬ不届きものなり」

「なにを申す。われらは京都御所の守護である。理はわれらにある」

両軍の兵が相互に敵を罵（ののし）るなか、光秀はそのような「大義名分」にはまるで関心を示さずに高笑いして、

「猿が来る……猿が来るぞ。やつの赤き尻を叩いて、いっそう真っ赤にしてくれる。わが尻とどちらが赤いか見比べてみよ！」

斉藤利三はそんな主君のあけらかんとした様子にほとほと呆れていた。状況によれば、何千何万という人間が死ぬのである。

（一卒を人間ではなく駒とみるとは……信長公に似ておられる……）

何万という大軍の個々の兵士を「人間である」とみなしていては戦には勝てぬ。盤上

の石である、と思わねばならぬ。囲碁好きだった信長のそういう考えは、光秀にも受け継がれているようだ。

だが、斉藤利三は、明智軍にも勝利の可能性が十分にある、と考えていた。円明寺川を挟んでの山崎の地形は隘路（あいろ）になっており、投入できる兵士の数はおのずと定まる。そうなると、三万五千と一万六千の兵力の差は意味がなくなり、戦闘員は両軍ほぼ同数となる。また、強行に継ぐ強行で中国攻めから戻ってきた羽柴軍は疲労の色が濃い。

夕刻、ついに戦ははじまった。陣貝の音、おわああっという鬨の声、激しい銃撃の音、鎧の触れ合う音、馬の蹄が立てる音、刀や槍がぶつかり合う音、矢のうなる音、攻める足音、逃げる足音、命を取る音、命を取られる音、悲鳴、怒号、絶叫など、あらゆる騒音を集めた交響曲が戦場に鳴り響いた。

はじめは光秀軍が優勢であった。高山、中川、池田の先発隊はいずれも光秀軍の猛攻に撤退を余儀なくされた。斉藤利三隊による凄まじい攻撃にひるんだためである。

「逃げるな！　死ぬ覚悟を決めよ！　骨は拾うてやるぞ。行け、行け行けえっ」

秀吉は軍配を打ち振りながら、声をかぎりに叫ぶ。真っ赤になったその顔はまさしく猿のごとくであった。しかし、羽柴軍は次第に劣勢となり、後ろへ後ろへと下がっていった。

「ふはははは……！　見たか、猿。これがわしの戦だ。――左馬之助、これ絶好の勝機ぞ。残りの兵をすべて注ぎ込め！」

桔梗の旗印が翩翻として翻る下で、光秀は床几から立ち上がって獅子吼した。

「お待ちくだされまし」

光秀の側近である比田帯刀則家は言った。

「なぜとめる。今をおいてこの戦の勘所はないぞ。それがわからぬのか」

「残りを注ぎ込めば殿は裸となりまする。そこを襲われたら一大事。また、この戦はまだまだ序盤。途中で風向きが変わった場合のためにも旗本衆は温存しておくべきかと……」

「ならぬ。帯刀、戦というのは勝てばよいのだ。序盤もくそもない」

「殿、ここはご堪忍を……」

比田則家は光秀の裾に取りすがった。その必死な顔に光秀は舌打ちをして、

「わかった。しばらく様子を見ん」

結果としてその判断が誤りとなった。羽柴勢を追い詰めた光秀勢であったが、あと一歩のところで兵士の数が足りなかった。もたもたしているあいだに羽柴軍の一部が明智軍の背後に回り、挟み撃ちをするような恰好で攻撃を開始した。主軸だった斉藤利三の

隊が崩れはじめた。その機会を逃す秀吉ではない。全軍に出撃を命じ、みずからも前線に立って兵士たちを叱咤した。

「ふふ……まさに猿の戦よな」

光秀は愉快そうに言った。

「大将であっても最奥に座って様子を眺めてはおらぬ。おのれが一番まえに出向いて、きゃっきゃっと喚きながら相手を威嚇する。大将がそれゆえ、配下は安穏とはしておれぬ。皆がまえへまえへと出ざるをえぬ。だが、大将が真っ先に傷つき、落命する危険もある。ああいうのは大名家の戦の法にはあらず。野戦で鍛えた田舎武将のやり方だな」

冷静に戦況を分析する光秀に比田則家が言った。

「殿……残念ながら御味方総崩れでござりまする。一時、勝龍寺城に退却して陣容を整え……」

光秀は聞いていなかったのか、ぼんやりと空を見つめ、

「このわしが猿めに負けるとは……世の潮目が変わったのう」

「殿、勝龍寺城に……」

光秀は比田に顔を向け、

「戦というのはやり直しのきかぬものだ。負けたらそれまで。わしはここで腹を切る」

「な、なにを仰せか！　一度や二度の負け戦がなんでありましょう。あの右府公においても幾度も敗北を喫したうえで天下に王手をかけられました。ここは捲土重来のため、なにとぞご堪忍を……」

「わしにはもうなにも思い残すことはない。来たるべき新しい世には新しい世にふさわしき天下人がその席に着くであろう。それは……わしではない」

「いえ、殿にはまだやり残したことがあるはずでござる！」

「たとえば、それはなんだ？」

「たとえば……たとえば……」

比田が言葉に詰まっていると、光秀は急に明るい顔になり、

「そうか……そうだな……！　わしは、謎を解かねばならぬ」

「謎、と申されますと？」

「謎は謎だ。わしがなにゆえかかる目に遭うておるのか……それを解明せねばなるまい」

唐突な言葉に側近たちは顔を見合わせ、

（なんのことだ……？）

と目配せし合ったが、わかるものはいない。

「とりあえず、殿、ご乗馬を……！」

それでもまだ呆然としている光秀を押し包むようにして、側近たちはその場を離れた。

戦というものは、一瞬で均衡が崩れる。ついさきほどまで優位に立っていた明智軍は、すっかり劣勢になり、一部は壊滅し、一部は敗退し、もはや「軍」という体をなしていなかった。光秀は勝龍寺城に退いたが、手狭な城ゆえ、そこで羽柴軍の追撃を食い止めることができるとは思えなかった。やむなく光秀一行は裏道を通り、近江の坂本城を目指して落ち延びることとした。

そして……。

ほんの数人の家来とともに勝龍寺城を出て伏見を抜け、坂本に向かった光秀主従は小栗栖（おぐるす）という村に近い竹藪を通りかかった。

「喉が渇いた。水をくれい」

光秀が言うと、家臣のひとりが、

「水はもうござりませぬ。この先に川がござるゆえ、そこまでご辛抱を……」

「さようか……」

光秀がそう言いかけたとき、藪からいきなり槍が突き出された。穂先が赤く錆びた槍だった。落ち武者狩りで小遣いを稼ごうという村人たちである。

「貴様ら……このお方をどなたと心得る！　控え……控えおろう！」

家臣たちは唾を飛ばしながら土民の槍を斬って落とす。

「なんじゃい、負け戦のしょぼくれた侍どもが。いっつもわしらの田んぼや畑を、戦のたびにめちゃくちゃにしくさって、今日ちゅう今日は、我慢なりよらん。――ぶっ殺したる。文句は信長か光秀か秀吉に言うつくれ」

竹藪のなかからガラの悪い声がしたかと思うと、鋭い槍が馬の尻を刺した。馬はいななきながら前脚を高く上げ、光秀を振り落とした。藪から飛び出してきた村人たちが光秀を取り囲んだ。立ち上がった光秀は刀を抜き、

「来るなら、死ぬ気で来いよ」

そう言うと、彼らをひとにらみした。その眼光に皆はたじたじとなったが、

「こ、こけおどしじゃ。一度にかかれば怖いことない」

うわああ……と叫びながらへっぴり腰で襲い掛かってきた村人たちの様子に、光秀はにやりと笑い、刀を頭上高く振り上げた。

◇

明智日向守光秀が、山崎の合戦で羽柴筑前守秀吉に大敗を喫し、坂本城に逃れようとした途上、小栗栖村付近で落ち武者狩りにあって落命した、という情報は日本中に広がった。光秀の介錯をした家臣は、その首を知恩院に持参しようとしたが、周囲が羽柴軍に固められていて果たせず、やむなく首を近くの藪のなかに埋め、その場で追い腹を切ったという。報奨金欲しさに小栗栖村の百姓たちがあたりを掘り返したものの、結局首は見つからなかった。ただ、首のない胴体は打ち捨てられていたので、百姓たちは翌六月十四日、それを織田信孝のところに運んで大金を入手した。

明智軍の敗北を聞いた明智左馬之助は、坂本城にいた光秀の妻子を殺し、城に火を放ったあと、溝尾茂朝とともに自害した。斉藤利三も捕えらえて、首を斬られた。かくして明智の一族と家臣団は滅亡した。

本能寺の変に端を発した歴史の激動はすべて終わった、かに見えた。しかし、そうではなかったのである。

ちょうどそのころ、京童たちのあいだでひとつのわらべ歌が流行り出していた。だれが作ったものなのか、じわじわと広まっていき、気が付いたときにはこどもばかりかおとなも口ずさむようになっていたのである。それは、つぎのような歌詞だった。

かごめかごめ
かごのなかのこまどりが言うことにゃ
人も通わぬ山奥に　山奥に
六つの獣がござった

一番はうさぎ殿
白いかんばせ　おちょぼ口
慣れぬ酒をば強いられて
酔うたあげくに殺されまする

二番は赤鬼殿
荒けき声で脅しはするが
桃太郎たちには勝てやせぬ
おのが金棒で殺されまする

三番は案山子(かかし)殿

デウスの作りし人形なれど
山田のなかの十字架のうえで
槍に突かれて殺されまする

四番は狐殿
人の獲物を横からかすめ
天罰受けたるはずなのに
今ひとたびも殺されまする

五番は山猿殿
知恵はあれどもその知恵に溺れ
キッキッと笑うて笑い過ぎ
息が詰まって相果てまする

六番は狸殿
選んだ船は泥船にて

背中に火がつきぼうぼうぼう
熱い熱いと殺されまする

六月二十七日には、尾張国清須城に羽柴秀吉、柴田勝家、丹羽長秀、池田恒興の織田家重職四人が一堂に会し織田家の今後について話し合う、いわゆる「清須会議」が開かれた。その結果、羽柴秀吉が信長の遺志を引き継いで日本の覇者となる一歩を踏み出すことになるのだが、じつは六月十三日に山崎合戦が終結し、二十七日に清須会議が行われるまでの二週間ほどのあいだに「あるできごと」が起きていたのである。そのことはどんな歴史書にも載っていない。参加者のうち、命を落としたものは無論のこと、生き残って戻ったものも生涯にわたって口をつぐんだためだ。

以下はそのできごとの詳細な記録である。

尾張国と三河国のあいだに位置する三河湾には大小の島がある。篠島、日間賀島、佐久島といった比較的大きな島もあれば、竹島、仏島、野島、姫島といった小さな島もあるが、「のけもの島」という小島について知るひとは少ない。なぜなら鳥獣のほかは棲むもののいない無人島であり、短い砂浜のある南側をのぞく三方は断崖絶壁に囲まれているため、近づくのも漁をするのもむずかしく、古来、打ち捨てられたままの孤島なのである。のけもの島という名も、だれも相手にしないつまらぬ島、という意味合いだったのだが、「のけもの」に「野・獣」という文字を当てるものもいる。なかには「のけもの」を入れ替えて「もののけ島」などと呼ぶ手合いもいるようだ。

しかし、つい最近、漁船で近くを通りかかった漁師が、島の真ん中あたりに真新しい建造物があるのを遠目に見つけ、不審に思って船を漕ぎ寄せた。

(いつのまにこんなものが……)

浜から上陸してみると、黒い土塀で囲まれた寺院らしき建物があった。漁師はこわごわ近づいてみたが、なかにはだれもいないようだった。静まり返ったその大きな寺を見ていると、突然、鐘が重く鳴り響き、漁師はぎょっとした。しかし、鐘楼に人影はない。

(もののけの住み処……)

そんなことを思って漁師は背筋を凍らせた。その門に掲げられた額にはただ一言「信長」と記されていたという。

(そう言えば……)

と漁師は思い出した。手間賃が普通の三倍というたいそうな儲け仕事がある、という噂が広がり、大勢の大工が三河の港に集まった。彼らはどこかに船で連れていかれたが、そのまま戻ってこなかった、という。

びょう、と潮風が吹きつけたとき、漁師は震え上がって船に逃げ戻った。彼がその体験を知り合いに話したことから、以来、「のけもの島」は「信長島」とも呼ばれるようになった。

◇

「あれが信長島か……」

　小舟に揺られていた羽柴筑前守秀吉は小さな島を遠望した。中腰になり、小手をかざして目を丸くするそのさまはあだ名のとおり「猿」のようで、船頭は笑いを嚙み殺すのに苦労をした。小顔で横皺が多く、くしゃっとした顔立ち。鼻が低く、唇がめくれあがっている。まさに猿が人間に化けているかのようだ。そのうえ、額に当てた秀吉の右手には六本の指があった。それを珍しそうにしげしげと見つめている船頭に秀吉は屈託なく言った。

「だはははは……おれは生まれつきどういうわけか右手の指が六本なんだわ。どうだあ、うらやましかろう」

　船頭は、天下人に近い秀吉が身体の異常を隠そうともせず、むしろ誇らしげに言うことに驚いた。しかも、一介の船頭に、である。

　秀吉は多指症である。宣教師ルイス・フロイスが書き残した記録『フロイス日本史』には、

「(秀吉は) 背丈が低く、目が飛び出した醜悪な容貌で、片手には六本の指があった」

と記されている。また、同じ信長の家臣として秀吉の盟友だった前田犬千代こと前田利家の『国祖遺言』という書に、

「秀吉の右手には親指が二本あり、信長公から『六ツ目』という異名で呼ばれていた」

と書かれている。秀吉の終生の友だった人物の言葉ゆえ信用に足る。そして、後年の朝鮮出兵のときに捕虜となり日本に連れてこられた姜沆（きょうこう）なる人物が書き残した『看羊録』なる日本滞在記にも秀吉の指は六本という記述がある……。

「それにしても殿さん……」

船頭が艪（ろ）を押しながら、

「大逆の謀反人明智光秀をやっつけて天下を手にしたお方が、たったひとりでこんな島に来られるとは、物好きというか豪胆というか……なにやらわけがありなさるのかね」

「ふははははは……そのとおりだがや。ちいっとばかり事情があるんだわ」

「ひとりで来ずとも、ご家来衆をたんと連れてくればよかろうに……」

「おれもそう思うたが、ひとりで来るように、と言われとるんだわ」

「ふーん……ようわからん。あの島にはなにがありますのじゃ。わしが知っとるかぎりでは、あそこは『もののけ島』と言うて、ひとはだれも住まぬ、この世ならぬもののけだけが住もうておる怖ろしい場所、だそうだが……」

「もののけか。そうかも知れぬ。おれもあそこになにがあらすのかは知らんが、あるお方が待ってござる……そう聞いとるんだわ。行きとうはにゃーが、その御仁から呼び出し状をもろうたからはなおざりにするわけにいかんのだがね」

そう言うと秀吉はつるりと頭を撫で、

「これも天下取りのためや。いたしかたないで」

「どなたが待っておられるのじゃ。――女子か？」

「いや……死人や」

「死人！」

「あっはは……おれも、困ったことになった、とは思っとる」

秀吉は自棄になったように高笑いした。小舟はぎーらごーらと艪の音を響かせながら、小島に近づいていく。

「どうだ、おみゃあもわしとともにあの島に上がろまい？」

「ご勘弁を……もののけがうろついとる島、そのうえ、死人からの呼び出しとは、命がなんぼあっても足りませぬわい」

「ははは……そりゃそうだわ」

「この仕事も、大金をいただけると聞いて女房がぜひにとも……というので引き受けました。約束どおり、浜に着けたらすぐに帰らせてもらいます。言われた日時に必ずお迎えにまいりますで……」

「それでええわ。もし帰れるならば今日のうちにも帰りたいところやが、どうなることやらわからぬ。もしおれが帰らなんだら、そのときは黒田官兵衛がところに注進に行ってちょう。なんぼかの小遣いはくれるはずだでよ」

「へ、へえ……」

小舟はその舳先を浜の砂にずずず……と乗り上げた。金の飾り太刀を手にした秀吉は猿のような身の軽さでひょいと浜に下りると、

「造作をかけたの。――これは駄賃だがや」

と言って金子を手に押し付けた。

「えっ……こんなに……」

その額の多さに気づいた船頭が仰ぎ見たとき、羽柴秀吉はすでに浜を闊歩していた。

赤い陣羽織を着た秀吉は草履で砂浜を歩いたあと、周囲の緑を見渡しながら真っ直ぐ

に「信長寺」を目指した。寺はすぐに見つかった。小島にはほかに建造物などない。木々のあいだから黒々と立ち上がるその建物が信長寺であることは秀吉にも容易に知れた。四方を堀と土塀が囲んでおり、南側の一角に山門がある。

「ふむ……これか……」

秀吉は弱気に笑うとその山門に向かった。山門の上部にはたしかに「信長」と書かれた額がある。真新しい筆跡である。

「どこのどやつが書いたものやら……御屋形さまの字とよう似ちょうるわ」

そうつぶやいたあと、

「羽柴筑前守秀吉、お招きにより参上いたしした。開門をお願いいたしたい」

天下三大声とまで称された秀吉の声が無人島に響き渡った。しばらくすると門が開いた。だれか門番がいるのか、と秀吉は左右を見たが、それらしいものはいない。なかに入ると、背後で勝手に門が閉まった。からくり仕掛けか、と首をひねりつつ、秀吉は真っ直ぐにまえを見つめながら進んだ。

塀の内側はかなり広いが、建物は瓦屋根の本殿とそれに隣接した客殿のみで、子院はない。客殿の裏手には泉水を備えた大きな庭があり、ひときわ目立つ高い杉の木を中心に松竹が植わっている。その一角に長屋がある。

本殿に近づくと、馥郁とした木の香が漂ってきた。秀吉は、「信長寺」などと呼ばれているこの寺が、昔からここにあったわけではなく、ごく最近、なにものかが急いで作り上げたものだと察した。

それにしては、塀に沿って、たくさんの墓石が並んでいるのが気になる。

(新しい寺なのに、なにゆえ墓石があんなにあるのや?)

本殿の下までたどりついた秀吉は、

「御屋形さま! 猿めでござる。おいでならばお声掛けをちょうだいしとうござる」

織田信長は本能寺の変で死んだ……そう信じたからこそ秀吉は備中から大軍とともに京に向かい、光秀と戦い、そして勝利したのである。逆賊光秀を討った秀吉は今もっとも「天下人」にちかい大将のはずであった。しかし、「信長が死んではいない」と言うならば、すべてが覆ってしまう。秀吉はそれをたしかめるべく単身この島に来たのだ。供も連れずにひとりで来たのは、そうせよ、という指示があったからにほかならぬ。

「御屋形さま……お言いつけどおりひとりでやってまいりました。おいででござろうか」

秀吉がふたたび呼ばわったとき、本殿の回廊を奥から歩いてくる人影があった。ぎくり、として身を固くした秀吉だったが、その影は彼が思っていた人物ではなく、長い黒髪を後ろで束ねた若い女だった。白い小袖に袴(はかま)を着けているので、巫女のようにも見える。その顔に見覚えがあった。

「そなた……もしやお玉殿じゃないか！」

女はにっこりとほほ笑んだ。玉は明智光秀の三女で、細川忠興に嫁いだが、本能寺の変ののち夫の忠興は舅(しゅうと)である光秀への助力を拒んだ。山崎の合戦で光秀が秀吉に敗れたため、玉は「謀反人の娘」となり、夫によって丹後の三戸野にあった細川家の屋敷に幽閉されたはずであった。

秀吉は顔を曇らせて、

「お父上のことは気の毒やった。けど、おれには救いようがなかったがじゃ」

しかし、玉は笑みを浮かべたまま、

「父にも事情があったとは思いますが、おのれの主君に刃を向けたことは間違いありませぬ。討つ、討たれる……これも戦国のならいでございます」

「そう言うてくれるとおれも助かる」

「それに父は……」

言いかけた玉はそこで言葉を切り、

「客殿にご案内しますゆえ、ここにてお履き物をお脱ぎくださいませ」

秀吉が言われたとおりにすると、玉は先にたって歩き出した。秀吉はあとについていくしかなかった。

「玉殿……あの墓石はだれのもんかの？」

「あれは、ここを建てた大工たちのものだそうです」

玉はこともなげに言った。秀吉は墓石に向かって手を合わせると、あわてて玉を追った。

本殿に隣接した客殿は要害のように非常に高い石垣のうえに建てられており、一見すると二階建てのように見える。そこへ行くには一旦本殿に上がり、回廊を回って本殿の裏に出、渡り廊下を通っていくしかない。太鼓橋のように反った渡り廊下から下を見ると、空中を歩いているようにおぼつかぬ気分になるが、玉は怖がる様子もなくすたすたと先を進む。その背中を見ながら、秀吉は胸のうちの暗い感情をもてあましていた。

（なにゆえおれはここに呼ばれたのか）

（なにゆえ丹後にいるはずの光秀の娘がここにおるのか）

（なにゆえこの寺は要害のような造りなのか）

なにゆえ、なにゆえ、なにゆえ……。そのなかでの最大の疑問はこのあと明らかになるはずで、秀吉にはそれが恐ろしかった。

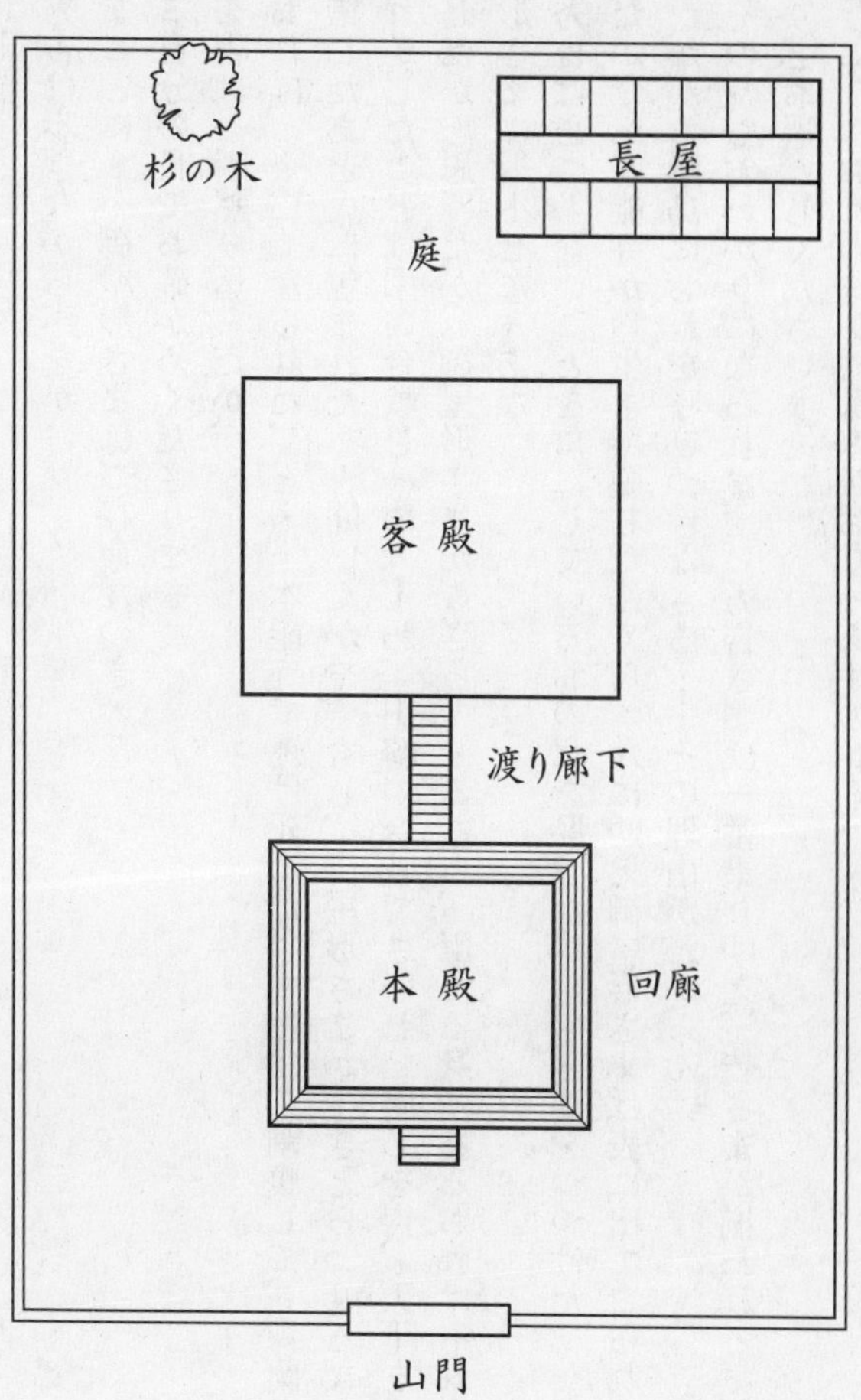
杉の木
長屋
庭
客殿
渡り廊下
本殿
回廊
山門

「お玉殿……」

秀吉は歩きながら声をかけた。

「まことに……御屋形さまはご存命なのきゃ？」

「ご自分の目でお確かめくださりませ」

秀吉は一瞬黙り込んだが、

「おれは……亡くなられた、と……本能寺で焼け死んだ、または、割腹して、森蘭丸が介錯したあと火に包まれた、と聞いたがや。もし、御屋形さまが生きとらっせるなら、おれがしたことは弔い合戦じゃにゃーわ。山崎の合戦でさいわい勝ちを得、天下を手中にしたかと思うたが、御屋形さまがござらっせるなら、臣たる身であるおれはそれを御屋形さまに返上せにゃあな」

秀吉は心にもないことを口にしているおのれを恥じながらも言葉をつづけた。

「だが……本能寺から生きて脱したんやら、なにゆえ御屋形さまは表に出てこられんのだ。かかる離島におれを呼びつけなさる……その理由がわからん」

「そのうちおわかりになられます。秀吉さまは一番乗りゆえ、皆さまが揃われるまでゆるりとお過ごしくださいませ」

「なに？　おれのほかにも客がおりゃあすのか？」

「はい」

「だ、だれや、それは？」

「お会いになればわかる方ばかりでございます」

玉は謎めかした。秀吉はむっつりとして玉に続いた。

中国大返しの途上、秀吉は中川瀬兵衛を味方に引き入れるため、

「上さまならびに殿さま（信忠）、いずれも御別儀なく御切り抜けなされ候」

つまり、光秀の襲撃を受けたが信長も信忠も無事である、という手紙を出したことはある。しかし、まさか本当に信長が生きているとは……。

渡り廊下から客殿に入り、しばらく行くと広間がある。広間の中央には十名以上が席につける南蛮風の大きなテエブルがあり、天鵞絨（ビロード）を張った、背もたれの高い椅子が置かれている。まだ、そこに座っているものはいなかった。テエブルは長方形で、長い辺に四席ずつ席が設けられ、短い辺にも一席ずつ椅子が置かれていた。短い辺の椅子のひとつは背もたれがやたらと長く、ひとの身長ほどもあり、ここの「主」の席であることはひと目で見て取れた。

天井には絵もなにもないが、壁には信長好みの南蛮画が掛けられていた。ひとつはおそらく切支丹の説話に由来するもので、痩せこけた、髭のある半裸の男が十字架に磔（はりつけ）

にされ、左右からその腹に槍が突き刺されている、という一種の無残絵だった。男のうつろな表情や、腹から滴る血、それを見つめるまわりの男女の顔つきなどが写実的で気味悪く、秀吉は顔をそむけた。

もう一枚に目をやると、こちらはこども向けの絵だった。鳥羽僧正の「鳥獣戯画」の絵を模倣したものだ。うさぎや狸、狐、猿、案山子などが戯れている姿が描かれているが、その描きようは妙に写実的だ。横を流れる小川では、金棒を持った赤鬼の船頭が動物たちを小舟に乗せている。

(カチカチ山か……)

秀吉は幼いころに母親が語ってくれたお伽噺を思い出していた。

(たしか……大火傷を負った狸にうさぎが「よう効く薬や」と唐辛子の入った味噌を渡し、狸はよけいに苦しんだあと、泥舟に乗せられて溺れ死ぬんだわ……)

これも嫌な話である。なぜ、このような暗い絵を掲げるのか……と思ったが、

(そこが御屋形さまらしゅうもある……)

と秀吉は思った。

広間を取り囲むようにしていくつかの客室があるようだ。できるだけ胸を張り、堂々と歩いていたつもりの秀吉だったが、これからなにがはじまるのかわからぬ不安を玉に

悟られぬよう、何度も咳払いをした。玉が、

「では、私はこれにて……」

「なんだあ、戻るのか」

「またのちほどお目にかかります」

そう言うと玉は引き返していった。席についてよいのかどうかもわからず、立ったまま秀吉が落ち着かなげに広間を見渡していると、紫色のカアテンが開いた。そっと飾り太刀の柄に手をかけた秀吉だったが、出迎えたふたりの人物の顔を見て、思わず叫んだ。

「おお……お蘭、生きとったのか！」

「筑前守殿、お久しゅうございます」

そう言って頭を垂れるのは、森蘭丸であった。十二歳のとき信長に小姓として召し抱えられたが、特別に寵愛され、今や五万石の大名である。しかし……蘭丸は本能寺で信長とともに死んだはずなのである。

（これは……御屋形さまが生きてござる、というのも嘘ではなさそうや……）

蘭丸の後ろに立っている黒い肌の大男は、弥助である。秀吉も幾度も安土城で顔を合わせたことがある。信長の忠僕として本能寺でも側近く仕えていたはずだ。

なれど、と秀吉は思った。信長が生きていたなら、本能寺の変から今まで二十日ほど

のあいだ、なにゆえひとまえに出でずに過ごしてこられたのか……。蘭丸にしても同様である。みずからの生存を隠していた理由がわからない。

そんな秀吉の気持ちを察したか、蘭丸が言った。

「上さまは、本能寺にて顔や身体に大きな火傷を負いなされまして、ひとまえに出ずるのを控えておいでてございました。それゆえ、われらとともにこの島に隠れ、火傷が癒えるのを待っておられたのです」

秀吉は目のまえの若者を不躾に見つめた。なるほど、蘭丸自身も左目の下に刀傷があり、頬に生々しい火傷を負っている。以前の端正なお小姓顔に比べると、壮絶な体験を踏まえての凛々しさが感じられた。

「では、もう火傷は治ったのやな？」

「まだ、完治、とまでは申せませぬ。包帯を巻き、頭巾に顔を包んだお姿ではございますが、日常の立ち居振る舞いには差し支えなくなりました」

「おれが光秀を討ったこともご存じか？」

「はい、もちろん。猿めにしては上出来じゃ、とおっしゃっておいでてございました」

「ははは……さようか。おほめにあずかり恐縮だわ」

照れ笑いをしているように見せながら、秀吉は内心、

（それはおかしかろう。御屋形さまのご気性からして、たとえ全身が火ぶくれになろうと、歩みが困難になろうと堂々とひとまえに立ち、勢力を立て直して光秀に報復しようとなさるはずだがや。おれが光秀を討つのをかかる小島にこもって黙ってみとられるお方やないと思うが……）

もうひとつわからぬことがある。

（本能寺で死ななかったならば、すぐに御屋形さまは「織田信長は生きている」と天下に告げにゃならん。でないと、諸将は皆、光秀を倒して御屋形さまの跡目を継ごうとしよるがや。合戦の日々がふたたびはじまって、御屋形さまが目指しとられた天下布武は群雄割拠に逆戻りだわ。このおれも、主君の仇を報じた、と思うとったのが、とんだ茶番やが。今更、生きとったと言われても……困る、困る、まことに困るがね）

秀吉は、まだ信長の存命を疑っていた。だれかが仕掛けた罠ではないだろうか……。

「お客人にはおひとりずつ部屋をご用意しております。寝巻のお着換えなども調えてございますゆえ、こちらからお呼びするまでそこでご休息くださいませ」

「うむ、それはありがたい。ありがたいが……」

秀吉は言いにくそうに、

「おれもなんやかやと忙しい身のうえでのう、ことに光秀を討ってからは休む間もあれーせん。いつまでもこの島で安閑とはしとれんも。国に戻って、やらにゃあならんこともいろいろある。正直言うて、何日もこの寺に泊まり、ゆるゆるとしとる暇はにゃあ。一刻も早う御屋形さまに対面して、その用件とやらを済ませ、できりゃあ今日のうちに帰りたい。小舟を一艘仕立ててもらえりゃあ、三河までは戻れるはずだがね。——のう、お蘭。御屋形さまにおみゃあからそのように言うてちょうよ」

蘭丸は、きっと秀吉の顔をねめつけると、

「筑前殿、なにやら考え違いをなさっておいでではござらぬか」

「なに？　おれが考え違い？」

「筑前殿は上さま逝去の噂を鵜呑みにして光秀を討ったがゆえに、今や上さまと肩を並べる、いや、上さまに成り代わる立場になったと思うておいでかもしれませぬが、上さまがご存命であらっしゃるうえは、筑前殿は上さまの家臣のひとりに過ぎませぬ。それをようわきまえなされ。上さまからのお呼び出しに対し、いつから今日のうちに帰りたいだのと勝手を言える身分におなりあそばした？」

内心、秀吉はムッとした。無理もないことで、彼は信長からの呼び出し状が手元に届くまでは、まさに「天下人」のつもりであったのだ。明智光秀が信長を弑してくれたおかげで、そして、その光秀をだれよりも先駆けて討ち取ったおかげで、この日本という国が懐に転がり込んできた……そう思っていた。その昂揚が、一通の書状によって打ち砕かれた……。

歯嚙みをしたいような気持ちではあったが、秀吉は如才なく無理矢理の笑顔を浮かべて、

「ははは……とんでもねえがや。この猿めが御屋形さまの家来であることは骨身に染みてようわかっとる。ただ、いろいろ事情があるゆえ、ちいとばかりわがままを申したまでのこと。今のおれの言の葉はお蘭の胸に収めておいてちょうよ。この秀吉、御屋形さまの仰せなりゃあ、幾何十日でもこの島にとどまるわ。あっははは……」

「それならば上々。私はまた、筑前殿は上さまが生きておられると知って嘆いておいでかと思うておりました」

「な、なにを言う。本能寺の変ののち、おれは毎日御屋形さまのことを思うて涙を流しとったが、それがご存命とはこんなめでたいことはないわ。めでたいのう、めでたいのう、めでたいもので払うなら……」

厄払いの文句を口ずさんでおどけてみせたが、心のうちでは、

（生きとるならば生きとる、とすぐに言うてくれればよいものを……あいかわらず身勝手なお方だがや……）

そして、真顔になり、

「お蘭は、御屋形さまがなにゆえおれを呼びつけたのか、そのわけを知っとるか？」

蘭丸は少し首をひねり、

「じつは私もなにも聞いてはおりませぬが……あのような変事があったあとゆえ、御大将が配下のものと会い、結束を確かめるのは当たり前のことかと……」

「それはそうだが、ならば近江でも京でもよかろう。このようなひと目のない辺鄙な島を対面の場に選ばれるとは……」

「ひと目のない」というところが、どうも気になるのだ。信長は性格的に、ひとがこそこそしているのを好まない。おのれがこそこそするのも嫌いだ。秘しておく、ということができず、思いついたらなんでもかんでも身近にいたものに話してしまう。そういうところが信長の魅力だ、とかねがね秀吉は思っていた。

「上さまは私をはじめごくわずかのものとともに手負いの身で本能寺から逃れ出たあと、信忠さままで亡くなられたと知り、明智勢の追撃から身を隠して怪我を癒す日にち稼ぎのために、この寺に籠られたのでございます。その間に筑前殿が光秀をお討ちになられたゆえ、余は生きている、と示すために皆を呼び寄せたものと思うておりました」

たしかに筋道は通っている。しかし、どこか引っかかる。

「お蘭は、おれのほかにだれが呼ばれとるか知っとるのだろう」

「はい、うかごうております」

「玉殿は申してくれんでな、おれとおみゃあの仲じゃないか。こっそり教えてちょうよ」

蘭丸はかぶりを振り、

「上さまより口止めされております。皆がお揃いになれば、おのずとおわかりになりましょう」

「そうか。——修理殿（柴田勝家）はもちろん来られような」

勝家は、織田家の筆頭家老である。重臣を集めるならば、真っ先に声がかかるべき存在だ。しかし、蘭丸は薄笑いを浮かべ、

「申し上げられませぬ」

「五郎左殿は参られよう」

五郎左とは、勝家に次ぐ織田家重臣、丹羽長秀のことだ。しかし、蘭丸は表情をぴくりとも動かさなかった。

「そうそう、三七さまはもちろんおいでであろう」

三七とは、信長の三男信孝のことだ。本能寺の変のときは、丹羽長秀とともに四国の

長宗我部元親を攻めるべく大坂で渡海の支度をしていて、難を逃れた。

「おお、そうだ。滝川左近尉殿は顔を見せられような」

滝川一益は織田家の老臣で、今は関東の抑えとして小田原の北条氏と対峙しているはずである。蘭丸は苦笑いして、

「何度おたずねにあずかろうとも申せぬものは申せませぬ」

「はは……そうか、ははははは……さもあろう。言えんものは言えんか。きききききき……」

けたたましく笑ったあと、

「書状には『供を連れず、かならずひとりで来い。持参品は身の回りの品のみ許す』とあったでよう、着の身着のまま、家来も連れずに参ったが……」

「はい、それで結構でございます。――弥助、筑前殿をお部屋にご案内いたせ」

蘭丸は弥助に声をかけた。弥助は無表情で腕組みをしている。その体つきは、まさに筋肉の塊だ。信長のまえで家臣の力自慢たちと相撲を取り、一度も負けたことがない、という。

「かしこまりました」

弥助は巨軀を曲げるようにしてそう言うと、さきに立って歩き出した。この広間には、

秀吉が入った口と、その反対側にあるカアテンが掛かった口、ふたつの出入り口がある。弥助と秀吉が向かっているのは、カアテンが掛かった方である。客殿は、広間をぐるりと取り巻くようにして十室ほどの客間が円形に並んでおり、その合間に台所、厠(かわや)、物置があるらしい。個々の部屋の入口は、襖(ふすま)ではなく鍵の掛かる引き戸になっている。

弥助はカアテンを出てすぐ左側の部屋のまえで足を止め、

「こちらが筑前守さまのお部屋にございます」

流暢(りゅうちょう)な日本語で言った。その扉のうえには、「瓢箪(ひょうたん)の間」という額が掲げられている。

「おお、おれの馬印が瓢箪であることをご存じの、御屋形さまのはからいだがや」

戸を開けると、そこは二十畳ほどの四角い部屋で、奥の壁際に布団が敷かれていた。枕元にはきちんと畳まれた真新しい寝巻がいくつも積んであった。その手前には小机と脇息(きょうそく)があり、机のうえには巻いた紙、硯(すずり)と墨、筆などがきちんと並べられている。小机の横には小さな丸テエブルひとつと西洋風の椅子がふたつ置いてあり、テエブルのうえの器には煎り米や煎り豆、煎餅、干し柿などが盛ってある。

「至れり尽くせりだがね」

秀吉は部屋のなかを見回した。弥助が、

「では、お呼びにまいりますまでこの部屋でおくつろぎくださいませ」

「部屋を出て、あちこち歩き回ってはいかんのか」

「部屋におとどまりくださるようお願いいたします」

「つまり、この館から出ちゃあならん、ということだな」

「御意」

「なにゆえだ」

「上さまのお指図にございます」

秀吉は顔をしかめ、指先で弥助に「出ていけ」という仕草をした。弥助は頭を下げると退出した。秀吉は苦々しい表情で弥助が出ていった引き戸を見つめていたが、やがて
「ほう……」と吐息を漏らした。いきなり信長と対面するのだと思っていたので、身体も頭もこわばっていたが、そうではなかったので少しホッとした。しかし、問題を先送りにしただけ、とも言える。

（とにかく御屋形さまには、あのことを気づかれてはならぬ……）

そう……秀吉は脛に傷持つ身なのである。彼は、高松城を水攻めにしているとき、光秀が信長を弑した、という情報を得た。

（とうとうやったか……！）

と秀吉は思った。ゆえにその機を逃さず、秀吉は電光石火の勢いで岡山から戻り、光秀を成敗したのだ。実は、秀吉があれだけの速さで中国大返しを行えたのにはわけがある。それには光秀自身が関係しているのだ。光秀をおのれの手で討つことで秀吉は光秀の口を封じた。死人に口なし、である。しかし……信長が本能寺で死んだ、という一報を受けたとき、秀吉はそれを信じた。死骸は見当たらなかった、と聞いたが、寺がまる焼けになってしまったのだから、それも納得のいく話であった。そして、信長自身が存命を公に告げていないことが信長の死を裏付けていた。秀吉は一昨日までそう信じ込んでいたのである。

正直、秀吉は浮かれていた。秀吉自身が信長を討つわけにはいかないし、まだまだかなり先のことだろうと思っていた「天下取り」が光秀の「おかげ」ですぐにも実現しそうなのである。光秀の天下を「三日天下」で終わらせることによって、おのれがこの国の覇者になった……そう信じていたのだ。

（おれはついとるがや……）

気持ちはすっかり天下人であった。邪魔をしそうな諸将をいかにして屈服させ、滅ぼし、また、配下に入れようか……とつぎなる展開を考えていた。そんなところに手紙が来て、秀吉は仰天したのである。

手紙の内容はかいつまんで言うと、

日頃の忠節うれしく思う。
余は存命である。
本能寺の火災をからくも抜け出すことができた。
向後のことを相談したい。
そこで余が待っている。
○月○日○の刻、三河湾にある小島「のけもの島」に参れ。
供を連れず、かならずひとりで来い。
持参品は身の回りの品のみ許す。着替えなども当方にて支度しておく。
二晩泊まってもらうゆえ、そのつもりでおれ。
迎えの船は三日目の朝に来させるように手配りしておけ。
最後に、よきことを教えてやろう。
貴様は、余が知らぬと思うておるかもしれぬが、余は知っておるぞ。

信長

というものだった。秀吉が真っ先に疑ったのは、

（偽ものやないか……）

ということだ。なにものかが彼をひとりにしようとしているのではないか。

しかし、その筆跡は秀吉の知るかぎり主君信長のものに酷似している。祐筆が書いたのではなく、本人が書いたもののように思われた。

（それに……この花押はおれも何度も見た上さまの花押にちがいない……）

花押は手紙の末尾に添えられるもので、書き判ともいい、印鑑のかわりに手で書いた署名のことである。本物であることを証するために、わざと複雑に書くのが常である。信長のそれは「麒麟」の「麟」の字を崩したものだが、秀吉にはそれがまさしく信長の手によるものに思えた。

（御屋形さまが生きとらっせる……）

それは秀吉にとって衝撃だった。

（まさか生きてござるとは思うてもおらなんだ。だが、そうとなるといろいろ変わってくる……）

秀吉は煎り米を鷲摑みにすると口に頬張り、がしゅがしゅ……と食べた。

（厄介だ……きわめて厄介だなも……。さて……どうするか、猿よ）

秀吉はおのれの頭を拳骨で軽く叩いた。しかし、もちろんよい思案など思い浮かぶはずもない。おれは蛇の生殺しのようにこの部屋で待つしかない……秀吉がそう思ったとき、音もなく扉が開いた。

船から降りた柴田勝家は、

「ぐずぐずするな！　御屋形さまがお待ちかねぞ。あのお方は待たされるのをお嫌いになる。仕置きを受けたくなかったら急ぐのだ！」

六名の家臣にそう声をかけ、皆が下りるのを待たずに砂浜を歩き出した。一歩進むたびに足が砂にめり込むほどの巨体である。上背（うわぜい）があるだけでなく、胸にも下腹部にもたっぷり贅肉がついており、籠手（こて）脛当（すねあ）てを付け、手には幅広大切先の太刀を掴んでいる。強（こわ）い髭を生やしているだけでなく、胸毛、腋毛、肩毛などもぼうぼうに伸ばしている。

ずんずん……と十間ほども進んだあと振り返り、

「なんじゃ、のろいやつめら！　疾くいたせ。駆けろ！　御屋形さまへの土産はいずれにある。おお、それだ。落とさぬようにせよ」

家来たちは必死で大きな長持をいくつも担ぎながら浜辺を走り出した。ほどなく、ひとりの足軽が砂に足を取られて転倒し、長持をその場に落とした。勝家は歯を剝き、閻羅王のような形相でその足軽に近づいた。ごつごつとした巖のような顔立ちの勝家が目を吊り上げ、真っ赤になっているさまは仇名の「鬼の権六」のとおりまさしく赤鬼のようで、その足軽は恐怖に震えた。勝家は足軽の胸倉をつかんで引き起こした。

「お許しを……！」

「言うな！」

勝家は吠えると、足軽に鉄拳をふるった。足軽は悲鳴を上げて倒れた。勝家は足軽を砂に押し付けると、

「よいか！　この島におるあいだは油断してはならぬぞ。つねに心身を引き締めておけ。——行くぞ」

「おうっ！」

一同は先を急いだ。先頭を進む勝家の顔は汗でどろどろになっていた。無理もない。彼はもう数えで六十を過ぎている。かつてのように「かかれ、かかれ！」の号令とともにみずから槍をふるって突撃するのはかなりきつくなっている。同じ織田家の家臣であ

り、目のうえの瘤でもある羽柴秀吉は、彼より十五ほども年若である。それゆえ勝家は
これまで秀吉を嫌い、幾度も衝突してきた。しかし、これで潮目が変わる……と勝家は
思っていた。
(御屋形さまが光秀めに殺され、その光秀をあの猿めが討ったときには暗澹たる思いで
あったが……)
勝家は、本能寺で信長が討たれたと聞き、すぐにでも京へ駆けつけたかったのだが、
越中魚津での上杉軍との激戦の最中だったため、動くことができなかった。ようよう上
杉勢や一揆を抑え込み、福井にあるみずからの居城、北ノ庄城に戻り、大坂の丹羽長秀
とともに光秀を討つべく策を練ったが、そこへ信長死去を知った上杉勢がふたたび攻め
寄せてきた。応戦しているうちに一報が届いた。中国にいたはずの秀吉軍が光秀討伐の
ために急転、京に向かっているというのだ。
(なんと……!)
勝家は時宜を逸してしまったのだ。大あわてでやっと近江に着いたときには、すでに
秀吉が山崎の合戦で光秀を討っていた……と巷間言われていることにだいたい間違いは
ない。しかし、細部が少し異なる。それは勝家(と秀吉)しか知らぬはずのことである。
彼は、六月十一日、まだ北ノ庄城にあったとき、秀吉からの手紙を受け取った。それ

にはある「取り引き」について書かれていた。

(どうせ今から自分が京に向かったとて間に合わぬ。戦は終わっているだろう……)

彼が主と奉じていた信長はすでにない。主君の仇を討つため光秀に一戦仕掛けようとも、かく出遅れては秀吉の後塵を拝するだけだ。

勝家は、その取り引きに応じることにした。彼がずっと望んでいた「あるもの」を手に入れるためだった。

(あの夢が叶うならば、折り合うのもやむをえぬ……)

勝家はその取り引きを厳守した。信長は死んだと思っていたからだ。しかし、内心は歯噛みするほど悔しかった。

(あの猿面冠者がうらの先を越して御屋形さまの仇を討つとは……腹が立つ!)

勝家には、織田家の筆頭家老はおのれである、という自負があった。今後は秀吉がいろいろとでかい面をするであろうことは明白であり、それが勝家には我慢ならなかったのである。

そこに、信長からの手紙が届いたのだ。勝家は仰天した。それは本物らしく思われた。筆跡も似ているうえ、なにより麒麟の花押は余人の真似できるものではない。また、言い捨てるような文面も、まさに信長のものだ。

信長が生きているとなると話は変わってくる。秀吉は「主君の仇討をした英雄」から
ただの「主君に歯向かった家臣を討ち取ったもの」に過ぎなくなる。そして、信長が勝
家をこの島に呼び寄せた、ということは、
（御屋形さまはうらをご自分の後継者にしようとしておられる……）
勝家はそう確信していた。おそらく信長は、本能寺でなんらかの痛手を負い、このま
までは政権を維持できぬと考えて、これを機に織田家の采配をだれかに任せようと決め
たのだろう。そして、それは秀吉ではなかった。この勝家なのだ。
（猿などに御屋形さまの跡目を奪われてたまるものか……！）
勝家は信長の機嫌を取るために近江や京都で掻き集めてきた贈りものを大量に持参し
ていた。手ぶらで来い、と手紙にはあったが、信長の贈りもの好きを勝家は知っていた。
南蛮渡来の珍品や高価な茶器のおかげで落命を免れたものは多い。
（いらぬと言われたら崖から捨てればよい。それよりも、急に「貴様は余が生きていた
と聞いて、祝いのひとつも持ってこなかったのか。ここな薄情ものめ！」とぶち切れら
れる方が怖い……）
勝家たちの目のまえに土塀が現れた。その向こうには寺らしきものの屋根が見えてい
る。

（あれが「信長寺」か……）

地元の漁師の話では、ある朝漁のために島の近くを通ると、忽然としてここにあった……という。勝家はその話から羽柴秀吉の「一夜城」を連想し、不快になった。一夜城とは、秀吉がまだ木下姓だったころ、墨俣に一夜にして城を築き、敵を瞠目させたというものだ。南蛮手妻でもなんでもなく、先に材木や石垣などを別の場所で組み立てておいて、それを一気に運び込んで作り上げたのでそう見えた、というだけだが、派手なことが好きな信長は「猿めがやりおったわい」と快哉を叫び、たいそうな恩賞を与えた。

（あやつはすぐに御屋形さまの機嫌を取りおる。それゆえ、此度はうらも本意ではないが猿真似をするのだ……）

次第に寺の山門が近づいてくるにつれ、勝家の心に暗雲が広がりはじめた。彼には、信長に対して負い目がひとつあったのである。それは例の「取り引き」に関することだ。

（まさか生きておいでとは思わなんだゆえ猿との取り引きに応じたが、御屋形さまに「あのこと」だけは知られてはならぬ……）

その後ろ暗い気持ちが贈りものの山となって表れたのである。手紙の末尾にあった「貴様は、余が知らぬと思うておるかもしれぬが、余は知っておるぞ」という一文が心にしこりを作っていた。

勝家は山門のまえに立ち、

「ご開門、ご開門！　柴田権六めにござる。御屋形さまおわしますならば、なにとぞこの門お開きくださりませ」

大音声に呼ばわった。なかからはなんの物音も聞こえない。

「御屋形さま、修理めが参りましたぞ！」

しばらくすると、門の内部から年配の男性の声が聞こえてきた。

「修理さまにもの申す。上さまは、供を連れずひとりで、しかもなにも持たずに来よ、と申されたはず。なにゆえそれを守らず、多人数で参られたるか」

勝家はぎょろりとした目を門に向け、

「この修理亮、織田家家臣筆頭の地位にして百二十万石を越える大大名、これもひとえに御屋形さまのおぼしめしと感謝してござるが、その大大名がひとりの家来も連れずに裸同然でやってくるわけにも参らぬ。身の回りの世話をする家臣どもをほんの少し召し連れた次第。また、持参したる品はほとんどが上さまへの献上物ゆえご堪忍くだされ」

「なりませぬ。右府公のお言いつけはお守り願いたい。どうぞご家来衆をここからお帰しくだされ。献上品も無用ゆえ、お持ち帰り願いたい」

「それは杓子定規な応対かな。今一度御屋形さまにお取次ぎいただき、権六めがそう申しておるとお伝えくださいますれば、権六のことじゃ、それぐらいはかまわぬと仰せになられるはずよ」

「修理さま、右府公の命令は、修理さまお一方のみならず、すべての客人にお守りいただくべきこと。修理さまだけを贔屓（ひいき）するわけにはまいりませぬ」

「なに……？　うらのほかにも客がおるのか」

勝家はがっかりした。

「はい……」

「だれが参る」

「それはまだ申せませぬ。――さ、早うご家来衆をお帰しあそばしますよう……」

自分に織田家の今後を託すつもりだろうと思っていたあてが外れたこともあり、勝家はむっとした。声しか聞こえぬ男の頑なさも不快だった。勝家は、ずしずしと山門のまえに進み出ると、

「どこのたれやら知らぬが、貴様では話にならぬ。御屋形さまに直に会うて話をいたす。門を開けよ！」

しばらくして門ではなくくぐり戸が開き、ひとりの老人が現れた。黒い頭巾をかぶり、褐色の道服を着、手には扇子を持っている。上品そうな老人は軽やかな足取りで表に出

た。勝家は顔をしかめ、

「お、おぬしは……」

「はい、宗易めでございます」

その老人は、信長の茶の「茶堂」すなわち大名などに仕えて茶の湯についての相談役を務める千宗易（のちの利休）であった。信長は、茶道具を刀剣同様に諸大名への褒美として使ったが、勝家はそのよしあしもわからなかった。井戸の茶碗の代表格「柴田井戸」、越前平定の報いとしてちょうだいした「芦屋姥口釜」など貴重な道具を信長から拝領したことはうれしかったが、勝家にとってそれらはただの茶碗であり釜であった。それゆえ、千宗易たち茶堂が、たかが茶葉に湯を注いで飲むだけの行為をことさら芸術のように持ち上げ、つまらぬ茶器に高い値をつけることには常々腹立たしく思っていた。

「うぬか」

堺の商人である宗易をあなどり、勝家は「うぬ」呼ばわりした。

「貴様ごとき素町人が、うらに向かってえらそうに指図するとは片腹痛い。すぐに御屋形さまに取り次げ。さもなくば斬り殺す」

「私は上さまの名代としてここにおりまする。私の言葉は、右大臣のお言葉やとお考えくだされ」

「やかましい！　茶坊主は引っ込んでおれ！」

「では、どうあってもご家来衆を帰さぬ、と……」

「くどい。うらはどうあってもこのまま寺内へ入る」

宗易はため息をつき、

「さようでおますか。――ほな、仕方おまへん。私は上さまのお言いつけにしたがったまでやさかい、お恨みにはなられませんように」

そう言うと、右手を挙げた。

途端、タン……タン……タン……というなにかの爆ぜるような音が立て続けに響いた。はじめ、勝家にはなにが起きたのかわからなかった。まわりの家来たちが呻きながらつぎつぎと倒れていったのだ。状況に気づいて逃げようとしたものも背中から血を噴き、前のめりに倒れた。土塀の要所に作られている鉄砲狭間から火縄銃がいくつも突き出ており、その銃口から上がる白煙を見て、勝家はようやく悟った。六名の家臣全員が死体となったのを見届けた勝家は慄然として、

（なにも殺さずとも……）

そう思ったが、もはや手遅れである。

「修理さまがお聞き入れくださらんさかい、やむなくこうさせていただきました。ご家

来衆には申し訳ないことをいたしましたが……」

しばらく呆然としていた勝家が必死で絞り出した言葉が、

「いや……よい。言いつけに背いたうらが悪いのだ……よい……」

まだ息があったとみえ、足軽のひとりが虚空に手を伸ばして、うう……と呻いた。しかし、宗易は無視して、

「ほな、ご案内いたします。足もとに気ぃつけとくなはれや」

歩き出した宗易に勝家は黙ってついていくしかなかった。土塀の鉄砲狭間を内側から見ると、十挺ほどの火縄銃が板のようなものに載せて設置されていたが、撃ち手の姿は見当たらなかった。疑問は百出していたが、今それを言い出せる雰囲気ではない。

(御屋形さまに会えばすべてわかることだ……)

そう思って勝家は境内を見渡した。がらんとしてひとの姿はない。宗易は本殿の階段のまえで履き物を脱ぐよう勝家に促すと、回廊から渡り廊下を渡って客殿へと向かった。

勝家はようやく絞り出すように、

「御屋形さまは息災か」

「へ。本能寺で火傷を負われ、しばらく逼塞(ひっそく)して療養なさっておられましたが、ようやくひとまえに出られるようになられました」

「うらのことをなにか申されておられたか」

「いえ、特段は……」

勝家は胸を撫で下ろした。

（バレてはおらぬと見えるが……気を付けねばならぬ）

そのとき勝家はふと気づいた。

（御屋形さまが本能寺の変のあと生死を明らかにすることなくしばらく身を隠しておられたのは、もしやうらたちがどう動くか、その忠義の心を試そうとなさったのでは……）

だとすると、今日ここに呼ばれたのは、その「結論」が出た、ということではないか……。勝家はふたたび総毛立った。

ぎしぎしと鳴る渡り廊下を経て客殿へ入ると広間があり、中央には大きなテエブルがある。テエブルにはだれもついていなかった。

「遠路お越しやさかい、ここで薄茶でも点ててさしあげとうおますが、つぎのお客人を迎えにいかなあきまへんゆえ、これにて失礼いたします。またのちほど……」

宗易はそう言うと広間を出ていった。ひとりになった勝家は、だれかがどこからか見張っているのではないか、というように周囲をねめつけた。壁に掛かっている南蛮画の一枚には動物が相撲を取ったり、追いかけっこをしたりしている様子が描かれている。信長は大の相撲好きなので相撲の絵があるのに不思議はないが、その横に描かれた赤鬼の船頭の顔が、

（どうもわしに似ている……）

それが気になった。椅子に座ろうかどうしようかと思案しているとき、奥のカアテンがぴ、ぴ、ぴ……と開く音がした。勝家は跳び下がると、持っていた幅広の太刀をまさに抜き放たんとしたが、現れたふたりの人物の顔を見て安堵すると同時に舌打ちをした。

「なんじゃ、蘭丸と弥助か。脅かすでない。——貴様らも御屋形さま同様、生きておったのだな」

蘭丸がうさぎのような可愛らしい丸顔に薄ら笑いを浮かべて、

「はい。運よう生き残り、上さまから皆さま方の饗応役を仰せつかりました」

「御屋形さまはいずこにおられる」

「皆さまがそろわれたのちにお出ましになりまする。それまではお部屋にてご休息くださりませ。——弥助、修理殿をご案内せよ」

弥助は無言でうなずいた。勝家は、

「うらの家来どもが山門のまえでくたばっておる。せめて墓に埋めて供養のひとつもし

てやりたいのだが……」

蘭丸は微笑みを浮かべ、

「それについて、上さまからのお指図をいただいております」

「埋葬せよ、とか？」

「いえ……西の崖から海へ投棄せよ、と……」

「投げ棄てるとはまたあまりの仕打ちかな。まことにそれは御屋形さまの言いつけか？」

「はい、わが意に背いてこの島に上陸するとは許せぬ、サメの餌にせよ……との仰せでございました」

勝家はため息をつき、

「軽輩とはいえど、長年うらに仕えてきたものどもである。あまりにむごたらしき扱いではあらざるか」

蘭丸はにやりとして、

「比叡山焼き討ちの折、何万人もの出家を焼き殺した修理殿の言葉とも思えませぬ。ひとの命など線香より軽い、とお考えではありませぬか？」

勝家は、信長の命を受けて延暦寺に火を掛けて僧侶たちを殺戮した。僧だけではない。

俗人、女こどもに至るまで、捕えたものの首を刎ねた。その数は数千と言われている。

「あ、あれは御屋形さまに命じられてやったことぞ。肉を食い、酒を飲み、女色にふけり、財を蓄え……腐敗堕落した叡山の坊主どもに天誅を与えるための戦であった。それに、手を下したのはうらだけではない。筑前も日向も越前も……とにかく皆でやったことなのだ」

蘭丸は勝家をじっと見つめ、

「ほかの方々は仏殿や仏像を破壊し、仏に仕える僧を殺すことにはためらいがあったようでございますが、修理殿は嬉々として僧たちを斬り殺していた、と聞いております。

——ちがいましたかな？」

勝家は言い返そうとしたが、言葉が出なかった。

「蘭丸、おことの父親（森可成）も、浅井、朝倉、それに延暦寺の坊主どもとの戦で討ち死にしたのではないか。やつらが憎うはないのか」

「討つ、討たれる、味方する、裏切る……戦国の世のならい。上さまのおっしゃる天下布武のためには憎しみを捨てねばなりませぬ」

けろりとした顔で言う蘭丸に、勝家は無言のまま奥歯をかみしめた。

北近江の大名浅井長政は信長と同盟を結び、その証として信長の妹お市を妻に迎えた。

しかし、信長が越前の朝倉義景を攻めたとき、長政は信長を裏切り、義景に味方した。一進一退の攻防の末、浅井、朝倉軍は後退し、比叡山に立て籠もった。攻めあぐんだ信長は、結局、浅井、朝倉軍と一旦和睦することにした。勝家は悔しかった。

（あと一歩で浅井家を叩き潰せたのに、くそ坊主どもが邪魔をしおった！）

勝家は、とにかく浅井家を滅ぼしたかったのである。その理由は、信長を裏切ったから……というだけではなかった。

信長は延暦寺に対して、浅井、朝倉と手切れせねば焼き討ちする、と通告したが、延暦寺側はきかなかった。その結果、信長は配下の諸将にやむなく焼き討ちを命じたのだ。蘭丸が言ったとおり、ほかのものたちは僧侶を殺し、寺を焼くことにためらいがあったが、勝家は、

「仏門に仕える身が武装して兵力をそろえ、われら侍に敵対するとは猪口才（ちょこざい）である」

そう公言し、逃げ惑う僧侶たちを叩き斬った。

「こういうときこそ貴様ら得意の経文を唱えて仏にすがるがよい」

勝家とその軍は、寺院のなかに突入し、大殺戮を行った。延暦寺側の兵四千に対し、信長軍は三万……圧倒的な兵力の差を背景にした虐殺であった。それはなかなかの快感だった。

隠していた陰部を暴かれた気がした勝家は、

（このうさぎめ……いつか思い知らせてやる）

そして、弥助に向き直り、

「案内せよ」

「かしこまりました。修理亮さまのお部屋は『金の御幣の間』でございます」

「おお……わが馬印ではないか。御屋形さまの心配りよのう」

単純な勝家は感激しながら弥助のあとに付き従った。部屋に入り、ひととおりの説明をして弥助が出ていったあと、勝家は外に面した小窓から外を見た。そこには荒涼とした光景が広がっており、勝家は鬱勃とした気分になった。

そのとき、カタ……という音が廊下から聞こえた。弥助が戻ってきたのか、と顔をそちらに向けると、戸の隙間から紙が差し込まれている。あわててそれを読み下したあと、末尾に書かれていたとおり灯明の火で焼いた勝家は、

（これは……どういうことだ……）

と眉根を寄せた。

「お武家さまは切支丹かね」

船頭がそう言った。海は凪いでいる。時折トビウオが跳ねる。なんとものどかな風景だが、高山右近の心中は穏やかではなかった。彼は摂津四万石の大名だが、まだ年も若く、木綿の単衣を着、小刀を差しているだけなので、そうは見えぬ。ただ、首にかけたロザリオという十字架のついた数珠が目を惹くのだ。かたわらにはバッグと呼ばれる南蛮風の大きな革製の袋があった。

「さよう。下僕はジュストと申す」

右近は、みずからを神の僕と呼んでいる。

「ジュストとはなんという意味だね」

「ははは……下僕も知らぬ。仏教の戒名も、なんのことかわかるまい。それと同じだ」

「なるほど。わからぬ方がありがたいということだな。切支丹は、牛や馬の肉を食う、というのはまことかね」

「宣教師のなかには食べるものもいるが、われらは切支丹と申しても日本人だ。日本の食い物しか口にはせぬ」

「その宣教師とかいう連中は、青い目をして、晩になると茶碗で血を啜ると聞いたが……

…」

「宣教師は化け物ではないぞ。目は青い方もおられるが、血を啜るというのは嘘っぱちだ。南蛮の酒というのは、日本の酒と異なり、赤いものが多いのだ。それを飲んでいるのを見て、血を啜っていると思うたのであろう」

まもなく小舟は「のけもの島」の南岸の砂地に舳先をめり込ませ、右近はバッグを大事そうに抱きかかえると島の奥に向かって歩き出した。どこかでガァガァとたくさんのカラスが鳴いている。

（耶蘇は死ぬまえに、十二人の弟子に裏切られ、十字架に架けられて死んだ。下僕は大恩ある御屋形さまを裏切りとうはない。だが、今の下僕が仕えるのはデウスおひとりのみ……）

右近は、本能寺で信長が死んだ、しかも、討ったのは明智光秀である、と聞いたとき、心底驚愕した。しかし、その信長がじつは生きていて、右近をこんな孤島に呼び寄せるとは……。

（そうだ、そういえばあのときも……たったひとりで御屋形さまにお会いしたのだ……）

「あのとき」の息詰まるような緊張感を右近は思い出していた。

もともと右近は、高槻城の城主和田惟政に仕えていた。しかし、惟政のあとを継いだ惟長は、右近に嫉妬心から恨みを抱き、城に呼び寄せて謀殺しようとした。それに気づいた右近は、懇意にしていた摂津の大名、荒木村重に相談した。村重は、

「知らぬ体で城へ乗り込み、惟長を討ってしまえ」

と尻押しをした。腹をくくった右近は一計を案じ、家臣たちとともに高槻城に赴いた。すぐに刃に取り囲まれたが、偶然、蠟燭が消え、周囲は真っ暗闇となった。たがいに見えぬなかで大勢による凄まじい斬り合いがはじまった。右近は和田惟長に見事、致命傷を負わせることができたが、自分も重傷を負った。首の半分近くまで刃が入ったのである。だれもが、右近は死んだと思ったが、たいへんな怪我にもかかわらず、右近は気丈に立ち上がり、家臣たちとともに城を脱した、という。

奇跡的に命を取り留めた右近に、周囲のものは、なんという強運のお方よ、と感嘆した。逆に惟長は死亡した。右近は近臣たちに、

「首を半ばまで斬られて、どうして死なずにすんだのか」

ときかれ、

「デウスのおかげである」

と答えた。それを聞いて、切支丹に改宗するものが相次いだという。

右近は、父友照の影響で切支丹に入信した。友照は、領内に教会を建て、宣教師や切支丹信者を保護すると同時に、神社仏閣を破壊するというほど耶蘇教にのめり込んでおり、右近もまた同様の考えに傾いていた。彼は耶蘇教の精神に共感するだけでなく、宣教師オルガンティノから異国の話を聞くたびに、

「南蛮はすばらしい。なにもかも日本より進んでいる。いつか南蛮に行き、その文化に触れてみたい……」

と考えていた。

高槻城主となった右近は、荒木村重に仕えるようになった。村重は信長の家臣だったので、右近は間接的に信長の配下となった。しかし、なぜか突然、村重は信長に謀反を企てたのだ。激怒した信長は右近に、村重を捨てて織田家の配下になるよう命じてきた。さもなくば領内の切支丹を皆殺しにするというのだ。右近は村重を説得したが、彼は首を縦に振らず、主君である自分の命に逆らうなら、預かっている人質（右近の妹とこども）を殺す、と言う。

信長と村重のあいだで板挟みになった右近は、主君村重に加担しない決意をかためた。といって、信長の村重討伐軍にも加わらない。すべての領地を返上し、高槻城をも明け渡したうえで、領内の切支丹の命を助けてほしい、と信長に懇願することにしたのだ。

右近は、一片の武器も帯びず、ひとりの家臣も連れずに、単身で信長のまえに参上した。

（あのとき……御屋形さまのまえに出たとき、下僕の総身は震えた……）

しかし、右近が決心を告げると、信長は、

「よくぞ申した。われはたいした男じゃ」

とその勇気をほめ、領内の教会と宣教師、切支丹信徒の安全を約束したうえで、

「おまえは宣教師たちと親しいそうだな。余は南蛮との貿易を今以上に押し進めたいと考えておる。おまえにもひと役買うてもらいたい」

五体がばらばらにならんばかりの安堵感に包まれた右近に、信長は言った。

「右近、おまえは和田惟長と斬り合いになったとき、首を半ばまで斬られたそうじゃな。まことか」

「はい……まことにござります」

「傷口、見せてみい」

なんとも不躾だが、信長というのはそういう人間なのだ。

「はい……このあたりでございます」

右近が左肩のうえあたりから首筋を通って右耳のうしろまで伸びた深い傷を示すと、

信長は近くまで来てまじまじとそれを見、

「うははははは……なるほどのう。九死に一生を得たか。まるで、身体が鋼でできておるようじゃ」

「いえ……デウスの加護でございます」

「さようか。デウスという神はたいしたものじゃ。なんの御利益もくれぬ日本のくだらぬ神や仏よりずっとよい」

右近は上首尾で信長のまえを下がった。城門のところで待っていた家臣たちに会ったとき、右近はまるで糸の切れた操り人形のようにその場に崩れ落ちた、という。

信長は直後、全軍に指令を出し、村重の籠る有岡城を攻め滅ぼした。

（また、たったひとりで御屋形さまに会うことになろうとは……）

右近は、やっと見えてきた寺院の屋根を遠望しながらそう思った。

あのとき、右近が村重軍に加担しなかったことを信長は評価し、あらためて高槻城を右近に与えたうえで、摂津の土地をも与えた。そして、安土城下の屋敷を下賜して、明智光秀の与力としておのれの軍門に加えたのである。

織田家における上役である光秀との関係は良好だった。右近は誠心誠意光秀に仕え、光秀もしっかりと応えてくれた。しかし、それも本能寺の変が起きるまでだった。

（なぜだ……）

と右近は思った。切支丹である右近には、下剋上ということはありえない。いろいろ欠陥があるとはいえど、麻のごとく乱れた天下をひとつにまとめ、この世から戦乱をなくしてくれる人物と思えばこそ、信長に仕えているのだ。それを、おのれが私心のために討つとは……。

（日向殿も、そこまでのお方であったか……）

失望は大きかった。信長に光秀が目の仇にされているのは知っていたが、まさか謀反を起こすとは……。

光秀から、秀吉と戦うことになったので味方すべし、という書状が来た。いつもの光秀らしからぬ、上から押さえつけるような文面だったが、右近は信長を裏切るつもりはなかった。

そして、山崎の戦いが起こり、右近は秀吉側の先発隊として戦の口火を切る重要な役割を果たすことになった。戦は羽柴軍の勝利に終わり、光秀は落ち武者狩りに遭って命を落とした、と聞いた。信長の死にはじまる激動の二十日間だったが、

（その御屋形さまが生きておられようとは……）

なにもかも話が変わってくるではないか。右近は、狐に化かされたような気分だった。

山門のまえまで来たとき、右近の目は信じられない光景に引き寄せられた。その場に転がる大勢の死体である。どうやら侍らしい。死体には無数のカラスが群がり、死肉をあさっている。右近は土塀を見やった。ところどころに開いた鉄砲狭間から銃口がのぞいている。右近は一歩あとずさりしたが、そこで踏みとどまり、

「高槻城城主高山ジュスト、御屋形さまのお呼びにより参上つかまつった。よろしくお取り次ぎを願いたい」

そう呼ばわった。

「お待ちなされや」

間髪を入れずにくぐり戸が開き、現れたのは千宗易であった。

「おお、宗匠……」

右近はかねてより宗易を茶道の師と仰いでいた(のちに「利休十哲」のひとりに数えられるまでになった。荒木村重も十哲の一員である)。

「なにゆえ宗匠が……」

「ははは……私にもようわかりませぬが、右府公よりの指図がおましたのや。お断わりするわけにもまいりまへんゆえ……」

「ならば……御屋形さまはまことに生きておいでなのですな。——なにゆえ下僕(やつがれ)が呼ば

れたのでしょうか」

「さあ……これは私の推量に過ぎませぬが、右府公はわが朝よりも優れた南蛮の文化に関心がおありやさかい、切支丹を通じて南蛮に詳しいジュストさまになにか相談なさりたい儀がおありやおまへんやろか」

それを聞いて右近は思った。

(御屋形さまはかならずやわが朝に覇をなすお方だ。もし御屋形さまを切支丹に入信させることができれば、この国を切支丹の楽園にできる……)

以前から右近が抱いている希望である。

「門前に倒れておる死骸は、いずれのご家中のものでありましょう」

「御屋形さまの意に反して、多勢で参った不届きものがおましてな、しゃあないさかい撃ち取らせてもろたんだ」

右近はその言葉ではじめて、おのれのほかに信長に呼びつけられたものがいると知った。

「多勢で参ったとて、殺すこともござるまいに……」

「言い聞かせたのやが、どうにもお聞き入れがのうて……。カラスが多いので困っとります。新しい死体がでけるとすぐにつつきに来よるさかい、とりもちを塗った棹で追い払っとりますが、すぐにまたあんな風に集まってきよる」

宗易の先導で右近は客殿に入った。広間の中央に置かれた南蛮テエブルにはだれもついていない。その四方には南蛮画が掛かっていた。その一枚を見やったとき、

「おお……！」

ガリガリに痩せ衰えた男が十字架に掛けられており、槍で刺されている凄まじい絵だ。もちろん右近にはそれが耶蘇、すなわちゼズ・キリストの最期を描いたものだとわかった。耶蘇は両手両足を釘で打ちつけられ、腹に槍の穂先が二本も突き刺さった状態で痛みをこらえている。十字架の周囲には耶蘇の処刑を悲しむ聖母サンタマリア、使徒ヨハネ、マグダラのマリアなどが集っている。頭には茨で作った冠をむりやりかぶせられ、血を流す耶蘇の姿を見つめながら、

（ご興味がおありだ。御屋形さまを耶蘇教に改宗させることがまことにできるのではないか……）

宗易は右近を椅子に座るようながしたあと、彼を置いて去った。そして、カアテンのなかからふたりの人物が現れた。蘭丸と弥助である。再会を祝ったあと、右近は弥助に連れられて客室へと向かった。右近の部屋はカアテンを出てすぐの場所にあり、入口には「クルスの間」という額が掲げられていた。弥助は部屋の使い方や着替えなどにつ

いて簡単な説明をしたあと、

「くれぐれもこちらからお呼びいたしますまでは、お部屋からお出ましにならぬよう……」

弥助が出ていくと、右近は小テエブルの下にバッグを置いて深いため息をつき、椅子に倒れ込むと、ふところから信長からの書状を取り出した。最後の一文が気になる。

最後に、よきことを教えてやろう。

貴様は、余が知らぬと思うておるかもしれぬが、余は知っておるぞ。

（御屋形さまは下僕(やつがれ)の秘密に気づいておられるのではないか……。いや……そんなはずはない……）

右近はそっと、首筋の傷に指を這わせたあと、

（もし、わが秘密をひとに知られたなら、下僕(やつがれ)はこの国にはいられなくなる……）

右近はぶるっと身体を震わせ、

「天におわしますわれらが父デウスよ、願わくは御名の尊ばれんことを、神の国来たらんことを……」

ひざまずき、ひたすら主への祈りを唱えはじめた。

「このあたりにはフカがおりますな。気をつけねば舟をひっくり返されますぞ」

家臣のひとりが言った。

「さようか……」

徳川家康はあたりの海面をこわごわ見渡したが、フカらしいものは見あたらなかった。

家康は、半信半疑だった。

（まことに右府公はご存命なのか……）

どんなことでも、まずは疑う……というのが家康の信条であった。しかし、此度ばかりは心を決めかねている。

大きく揺れる船のうえで家康は、ふところから例の手紙を取り出して広げた。幾度も見直したので紙はくしゃくしゃになっている。花押は、たしかに信長のものに酷似している。これを偽造するのはむずかしかろう。

徳川家はもともと三河国の土豪である。家康は弱小な戦国大名のもとに生まれたものの常として、おちこちの大大名の人質として幼少期を送った。六歳のときに織田家に送られ、八歳のときに今川家の人質となる。大名同士の関係が少しでも崩れるといつ殺されてもおかしくはない。自分の身は自分で守らねばならぬ……刀の刃のうえを歩くようなそんな境遇にさらされる日々を過ごした家康は、戦国武将として独立したときすでに、若くして老獪な処世術を身につけていた。やつは狸じゃ、狸親爺じゃ、と陰口を叩かれているのも知っていたが、気にならなかった。生き残ること……それが戦国の世のすべてなのだ。途中で滅ぼされてはなにもならぬ。ひたすら耐えて耐えて耐えて、最後に笑うものが真の勝利者なのだ。

（わしはかかる島で命を落とすわけにはいかぬのだ……）

本能寺の変の少しまえのこと、五月十五日から十七日にかけて、家康は穴山梅雪斎とともに三河から安土城に赴き、信長の接待を受けた。接待係はほかならぬ明智日向守光秀だったが、食材が腐っていたのか、光秀が支度した夕餉の膳のための料理に妙な臭いがまとわりついており、それが信長を激怒させた。用意周到な光秀に似合わぬ不手際である。光秀はそのまま饗応役を解かれ、秀吉が高松城を水攻めにしている備中に向かうよう命ぜられたので、軍備を調えるため一旦居城へと戻った。

信長は家康に、

「せっかく参られたのだから、ゆるりと京見物なされたあと、ついでに大坂、奈良、堺などにも足を延ばされてはいかがか」

と勧め、家康もその気になった。ほんの三十人ばかりの譜代の臣を連れ、一行はあちこち上方見物をすませたすえ、五月二十九日に堺の町に至った。六月二日未明に本能寺で信長が討たれたことを、家康は河内国の枚方あたりで知り、動転した。

光秀勢は、二条新御所の信忠をも殺害したという。総勢一万人を超える明智軍は街道の要所要所を押さえ、大勢の兵士を配置して、通行するものを見張っているだろう。そんななかをたった三十人ばかりの手勢とともに通過しようとすれば、討ち取られることは必定である。長年の信長の同盟者である家康を光秀が逃すはずがない。

落ち武者狩りの恐怖もある。信長が本能寺で倒されたという報せは京を中心にあちこちを駆け回っているはずだ。それを聞きつけた土民たちは手に手に竹槍を摑み、落ちていく信長勢を狙っているだろう。現に、穴山梅雪斎が落ち武者狩りに遭って命を落とした、という報が届いたばかりである。

狼狽した家康はもはやこれまでと覚悟し、この場で腹を切る、とまで言ったのだが、本多忠勝ら側近の反対でようよう思いとどまった。

(わしとしたことが……)

と家康はほぞを噛んだ。どんな場合でも、なにが起きようとそれに対応できるよう準備しておかねばならぬ。群雄割拠の時代を生き延びるには、つねに先手、先手だ。信じられるものはおのれしかいない。

（そうだ……「あのとき」もそういう気持ちだった……）

なぜかはわからぬが、しくじってしまった。しかし、失敗を恐れていては先手を打つことはできぬ。

自刃をとりやめた家康は、伊賀の国を越えて自領である三河へと向かうことを決意する。伊賀は、信長に対する憎悪著しい土地だった。そんななかを三十余人の寡兵で切り抜けねばならぬのだ。案の定、加太（かぶと）峠で襲撃を受けたが、土地勘がある忍びの頭領服部半蔵らの尽力でなんとか窮地を脱し、落ち武者狩りの土民たちに金をばらまいて懐柔したり、一揆と戦ったりしながら、やっと伊勢国にたどりついた。人数はかなり減っていたが、そこから船に乗り、六月五日に三河国岡崎城に戻ることができた。

伊賀越えは、これまでさまざまな「九死に一生」の経験を積んできた家康にとっても、最大の危機であった。家康はしばし休息を取ったあと、

「右府公には長年の恩義がある。仇討ちのため出陣し、光秀を成敗せねばならぬ」

そう言って軍備を調え、十四日に三河を発ったが、その途上、羽柴秀吉が十三日に山

崎で光秀を討った、という報せを受け、出兵を取りやめた。

（右府公が亡くなり、その仇を討った筑前殿のところに天下は転がり込んだ。なれど、それは一時のこと。いずれわがもとに来るようにすればよい。焦りは禁物だ……）

家康は、「長生きこそ天下を取る秘訣」と思っていた。智勇に優れた英雄豪傑でも、天下取りをまえに早死にしてしまったらなににもならぬ。自分を大事にし、身体をいたわり、健康に気を付けてひとより長生きをしていれば、天下人になる機はかならずめぐってくるはず……そう信じていた。そのために彼は、古今の医学書を研究して、和漢の薬についての知識を深めた。南蛮の珍しい薬品なども取り寄せ、みずから砕いたり、練り合わせたりして調合して服用していた。

（それにしても、右府殿はまことにご存命なのか……）

家康は、家来たちを帰すかどうかを決めかねていた。もし、これがなにものかの罠だったなら、家来たちは必要である。しかし、本当に信長が生きているとしたら……。

（ここで下手を打って、しくじってはならぬ。なんとしてでも生き残らねば……）

家康は浜辺で船から降りると、家臣たちに言った。

「おまえたちはこのまま帰るがよい」

「まさか……。なんのためにわれら一同お供をしてまいったのです」

「ようよう考えたのだがな、右府公の『ひとりで来い』とのお言いつけに背くことになる。悪いが船で戻れ。二日後に迎えにきてくれ」

「殿……せめてこの浜で待たせていただきとうございます」

「いや……ひとりで来いと言われたのに家臣をこの島まで連れてきたことがわかると、右府公の心証を害するかもしれぬ。わしは……ひとりで行く」

「万が一のことがあったら取り返しがつき申さぬ。やはりわれらが……」

「この場合は、ひとりでいることがわしを救うことになるのだ。おまえたちの船が行ってしまうまで、わしはここで見送っておる」

家臣たちはしぶしぶ、ふたたび船に乗り込むと帰っていった。船が黒い点になって消えたあと、家康は重い脚を引きずるようにして、ゆっくりゆっくり浜辺を北へと向かった。まばらな松林が左右に連なっている。上空をたくさんの黒い鳥が円を描くように飛んでいる。カラスだ。

「不吉だのう……」

自分を狙っているかのようなカラスの動きに、家康はそうつぶやいた。

（右府公がご存命ならば、すでに光秀は筑前殿に討たれたのだから、わしはおとなしく言うことを聞いていた方がよい……）

家康はそう思った。

（まだ早い。まだ……早い。あのときわしは……焦りすぎたようだ。最後に笑えばよいのだ）

だが、まだ疑問はある。家康は、信長が生きているということをまだ完全には信じていなかった。なぜなら、信長がもし本能寺から脱出できたとして、明智軍ががちがちに固めている京の町からはるか三河の地まで落ち延びる……という選択をするのはおかしいからである。京からならば、本拠に近い安土や尾張に向かうのが本来ではないか。また、高山右近のいる高槻や丹羽長秀の佐和山、織田信忠の居城である岐阜城へ行くという手もある。それらを通り越して、三河の湾にあるこんな小島までわざわざ落ち延びたという意味がわからない。

手勢も少なかろう。もし見つかったら光秀軍に包囲されて、たちまち滅ぼされてしまうだろう。いや、信長一行が少人数で滞在していると知れたら、近郷近在のすべての大名、郷士、一揆衆、落ち武者狩り……などが押し寄せてくるに違いない。まずは味方の城に身を寄せ、そのうえで安土に戻ろうと考えるのが普通ではないか……。

（そもそも三河におられるなら、真っ先にこの家康のところに来るのが当然であろうに。なにゆえもっと早うに報せをくださらなかったのか……）

岡崎城に来ようとせず、このような島に潜んでいたというのは、

（なにかある……）

と家康は思った。謀略の匂いを嗅ぎ取ったのだ。家康は謀略が好きだった。謀（はかりごと）を用いるのは「少しでもこちらが勝つ可能性を高める」ためでもあるが、ただ単純にひとを陥れるのが快感なのである。真っ向から素直に戦って勝つよりも、計略にかけて勝つほうが、相手はより一層痛手に感じるものだ。だから、ひとの計略にも敏感になる。

（御屋形さまの手には乗らぬぞ……。どのようなことが待ち受けているかは知らぬが、わしの方が一枚上手であることを見せてやろう……）

そう思っていた。しかし、家康にも引け目があった。

（まさか……御屋形さまはあれには気づいておられぬ、と思うが……もし、あれが露見したのだとしたら、わしはここから生きては帰れぬ……）

土塀と山門が見えてきた。家康は足を止めた。

（ここで、なにかあったな……）

死体こそ見当たらぬものの、地面のあちらこちらに血がこびりついており、舞い降りたカラスがその血をなめている。引き返すのも勇のうち……と思い、しばらく逡巡したが、やがて心を決めた。家康は大きく息を吸い、丹田（たんでん）に力を込めると、

「開門……開門！」

と呼ばわった。すぐに山門が左右に開いた。そこに立っていたのは、

「そなたは……玉殿ではないか」

明智光秀の娘である。たしか細川忠興に嫁いだはずだ。

「はい、さようでございます。三河さま、お待ち申し上げておりました」

家康は唸った。信長からの招きに仇の娘が案内役とはどういうことだろう。家康はまたしても謀を感じた。

「たずねたい儀が山とあるのだが……たずねてもお答えはいただけぬのだろうな」

「お察しが早うございます。今はなにもおききなさいますな」

そう言うと、先に立って歩き出した。なかに入ると、山門はひとりでに閉まった。どうやらからくり仕掛けらしい。なにもきくな、と釘を刺されたにもかかわらず、家康は突破を試みた。

「今日は、わしのほかにどなたが招かれておられるのかな」

家康は歩きながら鎌をかけた。

「三河さまで一応最後にございます」

「最後……とな？」

「はい。もう、皆さま、お集まりになられました」

　家康は首を傾げた。鎌をかけたつもりがよけいにややこしくなった。つまり、家康以外にも来客はあり、しかも、彼で最後だという。ほかのものはすでに集っているのだ。

「どなたとどなたがお越しかな？」

「それは会うてみてのお楽しみ、ということで……」

　回廊から渡り廊下を通って客殿に入る。広間の中央にある南蛮風のテエブルに着くように言われ、そのとおりにした。浜辺からここまでで、足が棒のようになっていたからだ。

「まもなく饗応役が参りまするゆえ、しばしここでお待ちくださいませ」

　そう言うと玉は退出し、入れ替わりに現れたのは森蘭丸と長身の黒人である。たしか弥助という武人で、信長のお気に入りであった、と覚えている。

「おお……蘭丸殿、ご無事でおわせられたか。祝着（しゅうちゃく）なり……祝着なり」

　家康は立ち上がって蘭丸の両肩を叩きながら、

（こやつらがおる、ということはやはり右府殿ご存命というのはまことなのだ。わしの判断は狂うてはおらなんだ……）

　そう思った。もし、かかることはすべてだれやらの謀略だ、信長は死んだのだ……と家臣とともにこの寺に押し入ったとしたら、とんだ目に合ったかもしれない。戦国武将として、これまで人生の節目節目で右か左かの判断を強いられてきた。そのすべてに正解を出してきたからこそ、今ここにいる。今回もなんとか正解のくじを引き当てたようだ……。

「三河殿、息災でなによりでございます。お部屋にご案内いたしまするゆえ、しばしおくつろぎくだされ」

「ほかの客人とはいつお会いできる？」

「おそらくはご夕食のときに……。――弥助」

弥助はうなずき、歩き出した。家康は総身が緊張するのを感じた。ただの接待ではないに決まっている。三日後まで続く食うか食われるかの遊戯がはじまったのだ。

弥助が彼を連れていったのは、カアテンを出てすぐ右にある「金扇の間」という額が掲げられた部屋であった。金扇は家康の旗印である。

「思い返せばほんのひと月ばかりまえ、わしが安土の城を訪ねたるとき、右府公は日々の泊まり宿毎に饗応役や警護役を置き、新たに道を築くなどして心を砕いてくださった。その後、本能寺にてご落命と聞いてわしは悲嘆にくれたが、ご存命であられたとはなんともうれしきことだのう」

言いながら弥助の顔をうかがったが、弥助は応えず、部屋の引き戸を開けてなかに入るようながした。思っていたよりも広く、調度も整っており、掃除も行き届いている。

「お呼びにまいりますまでこの部屋からは出ぬようにお願いいたします」

「右府公の言いつけならばいたしかたないが……小便がしたくなったらどうするのだ」

「そこに、尿瓶とおまるがございます」

「この建物に厠はないのか」

「廊下の突き当りにございますが、もう少しだけご辛抱願います。これで皆さま一応お揃いでございますので、間もなく夕食になると思います」

弥助が出ていったあと、家康は顔の汗を手ぬぐいで拭い、椅子に腰をおろした。

（この様子では、右府公はまことに生きておられるようだな……）

家臣たちを帰したのは正解だった。もし、むりやり連れて入ったりしたら、信長の逆鱗に触れていたかもしれない。

（待てよ……門前のあちこちに血がついていたのは……）

もしかしたら、家臣を寺のなかに入れようとしたものがいて、信長がそれに激怒して殺したのではないか……。

（まあ、よい。三日の辛抱だ。三日間、なにごともなく過ごせれば放免される。その間に、あのことが露見しないよう……それだけを気を付けておればよい……）
神経質そうに何度も手ぬぐいで顔をこすっていた家康の耳に、なにやら歌声のようなものが聞こえてきた。男の声のようだが、なぜか輪郭が茫洋として、若者か老人かもわからない。まるで地面の下から聞こえてくるようだった。

かごめかごめ
かごのなかのこまどりが言うことにゃ
人も通わぬ山奥に　山奥に
六つの獣がござった……

家康は耳を澄ましてその歌に聴き入った。

一番はうさぎ殿
白いかんばせ　おちょぼ口
慣れぬ酒をば強いられて
酔うたあげくに殺されまする……

どうやらわらべ歌らしい。
（殺されまする、とはひどい歌だのう……）
家康は苦笑いをした。

二番は赤鬼殿
荒けき声で脅しはするが
桃太郎たちには勝てやせぬ
おのが金棒で殺されまする

（また、「殺されまする」か。残酷もよいところだな。だが、小児の歌というのはそういうものかもしれぬ……）
家康はずいぶんまえにある宣教師から、西洋のわらべ歌には、いろいろな動物がこまどりを殺すさまを歌ったものがある、と聞いた覚えがある。もしかしたら、その翻案かもしれない、と思った。だが、なぜこの孤島でこんな歌をだれが歌っているのか……家康にはわからなかった。

家康は立ち上がり、その歌がどこから聞こえてくるのか確かめるべく、部屋の戸を開けようとしたが、

（いかん……）

弥助から伝えられた信長の言いつけを思い出し、戸にかけた手をゆっくりと離した。

◇

「猿よ、貴様の腹のなか、余が知らぬとでも思うておったか。この舌長もの（したなが）め！」

信長はずらりと長いものを抜いた。木下藤吉郎の姿の秀吉は震えながらあとずさりして、

「とととととんでもない。おれはいつも御屋形さまのおんためだけを思うて、心から尽くしてまいり……」

「嘘を申せ」

「まことでござる！」

「わが言いつけを守るか」

「守ります守ります」

「顔に嘘だと書いてある。成敗してくれる。そこへなおれ！」

「ひいっ、助けてくりゃあせ！」

頭を抱えた秀吉の頭上に信長の刀が落ちてきた。

「うへえっ、死ぬうっ。おれにはまだまだやり残したことがたんとある。浪花のことも夢のまた夢……」

つぎの瞬間、はっと目が覚めた。いつのまにか秀吉は椅子に腰かけたまま眠ってしまっていた。

（あかん……）

あわてて立ち上がり、小姓に声をかけようとした。京にいるつもりだったのだが、部屋の様子がちがう。一瞬、自分がどこにいるのかわからず混乱したが、あたりを見回して合点した。

（そ、そうか……おれは御屋形さまに招かれて、この島に来とるのだったわ……）

ため息をついたとき、どこからか歌声が聞こえたような気がした。幻聴なのか本当に聞こえているのかわからぬぐらい曖昧な、まだ夢の続きを見ているような、薄ぼんやりとした歌だ。しかも、地獄から聞こえてくるような不気味な声だった。

五番は山猿殿
知恵はあれどもその知恵に溺れ
キッキッと笑うて笑い過ぎ
息が詰まって相果てまする

秀吉は、ぶるぶるっと顔を左右に振って夢の残滓(ざんし)を吹き飛ばした。そのとき彼は、廊下に面した引き戸の下に今まさになにかが差し込まれたことに気づいた。一枚の紙である。見ているうちにその紙はするするとなかに入ってきた。拾い上げると、

夕食の支度が調いました。

広間にお越しください。


秀吉は身支度を整え、「瓢箪の間」から出た。廊下を歩いているうちに動悸が高まってきた。

(今の夢、正夢にならんとええが……)

そう思うと、足取りは広間に近づくにつれて次第に遅くなっていく。

（ええい、ままよ！）

秀吉が満面の作り笑顔を浮かべて広間に入ると、そこはがらんとしていてだれもいなかった。

（なんだあ――それにしても、支度ができたから来い、と言うておきながら、玉殿や蘭丸、弥助もおらぬとはどういうことだ）

テエブルを見ると、椅子の背に名前を書いた紙が貼られている。秀吉は、「羽柴筑前守殿御席（おんせき）」と書かれた紙のところにしばし佇んでいたが、意を決してその椅子に座った。しばらく待ったがだれも来ない。秀吉が、薄い口髭を震わせていると、カアテンを頭で撥（は）ね上げて、ひとりの人物が現れた。傲然と胸を張り、これ見よがしにゆっくり歩いている。秀吉は、

（えらそうな態度のやつだがね）

そう思いながら顔を見た。すると、向こうも秀吉の顔をのぞきこみ、

「なんだ、筑前ではないか」

むっ、としてよく見ると、相手は柴田修理亮勝家であった。勝家は、にらむような目つきで秀吉を見据え、

「貴公も呼ばれておったか。中国からあたふたと大急ぎで戻ってきて光秀を討ち、御屋

形さまの遺恨を晴らしたつもりだったろうが、御屋形さまご存命であったとは、ふふふ……まこと残念だったのう」

嘲るような口調でそう言った。秀吉も座ったまま勝家をにらみ返し、

「そんなことあらすか。おみゃあこそ、御屋形さまのご存命を残念に思うとられるんだなも。——まあ、御屋形さまが生きとられるなら例の一件……」

「例の一件とはなんだ」

「とぼけるな。おれとおみゃあで取り決めた、あの……」

「ああ、あれがことか」

「あの一件も破談になるやもしれんがね。それゆえおみゃあはさぞかし困っとるだろうと……」

勝家は顔色を変え、

「そ、そうではない。貴公がそう思うておるのではないか、と考えたまでだ」

「おきゃあせ……おれは御屋形さまがご無事でなによりと思うとるがね。これからもこれまで以上に誠心誠意お仕えする所存……」

「ふん……！」

勝家は鼻を鳴らすと、「柴田修理亮殿御席」という紙の貼られた席についた。ふたり

はにらみ合った。織田家において信長の下でたがいに働いてきた仲である。いずれは決着をつけねばならぬ……と思っていた相手なのだ。

「ところでおみゃあは、御屋形さまともう会われたんか?」

「まだだ。夕餉の席まで待て、と言われた」

「おれもだぎゃ」

「ただ……家臣を引き連れて寺に入ろうとしたら、銃撃を受けた。おかげで家臣どもは皆殺しになり、うらひとりが生き残った」

「ほほう……それはそれは……」

「それゆえ、御屋形さまはどこかでうらたちのことを見ておられるのは間違いない」

「ふうむ……」

「それにしてもあの火縄銃の腕前はたいしたものだった。わが家臣どもは、皆、一撃で殺された。よほどの名人がおるようだ」

「おれは、御屋形さまのお言いつけどおり、身ひとつで参ったゆえ、そのような辛き目には遭わんかったがや」

「この柴田勝家がひとりの供も連れず近江から参るわけにもいかぬではないか。御屋形さまはなにゆえ『ひとり』ということにこだわるのであろうのう」

「さあて……」

「筑前、おぬしはわれらのほかにだれが呼ばれているか存じおるか」

「いやあ、おみゃあにここで会うたのが初だがね。迎える側は、光秀の娘御玉殿、森蘭丸、弥助……」

「玉殿と申さば細川に嫁いだ、あの……」

「さよう。光秀ゆかりのものがおる、というのも奇態だなあ」

「うらを迎えたのは、千宗易だ。あやつがわが家来どもを撃ち殺す指図をしたのだ」

「侘び茶などと風流なことを言うておる割には、えろう物騒なやつだなも」

「わしら武辺ものよりも、茶だの生け花だの香道だのと申しておる輩の方が、よほど残忍でひとでなしだったりするものだ」

それからしばらくは腹の探り合いが続いたが、いつまで経っても信長がやってこないので、ついに勝家は言った。

「御屋形さまが我々をここに招いた理由はなんであろうのう」

「わからぬが……本能寺の変事と山崎の戦を経た『今』だがね。今後の織田家についての相談ではあるまいか」

「ふむ……そんなところかのう」

「ところでのう、おみゃあとおれの仲ゆえに腹を割って申すが、おれのところに来た御屋形さまからの書状には、気になる文言がござらっしたわ」

「どのような文言だ」

「余は知っておるぞ、と……」

勝家はため息をつき、

「うらのところに来た書状も同様だ。——で、おぬしは心当たりがあるのか？」

秀吉はなにか言いかけたが、急に「きっききき……」とけたたましく笑い、

「とーんでもにゃあ。御屋形さまの勘違いだがや。この筑前守、御屋形さまに対して後ろ暗いことなど天地神明に誓ってかけらもないがね」

「うらも同様だ。御屋形さまはわれらに鎌をかけておられるのではないか」

「鎌、とは……？」

「ああいうことを書いておけば、御屋形さまに対して二心あるものは、おのれのことかとあわてて正体を現す。光秀のことで懲りた御屋形さまは、身中の虫をあぶりだす魂胆なのかもしれぬ」

「なるほど、ありえそうな話だなも」

秀吉と勝家がそんなことを話しているとき、カアテンをくぐってだれかが広間に入っ

てきた。ふたりはぴりっとして同時にそちらを向いたが、すぐにその顔は緩んだ。

「なんじゃい、ジュスト殿か」

秀吉はそう言った。入ってきたのは高山右近だったのだ。

「これはこれはご両所……」

右近は目上の勝家と秀吉に向かって頭を下げた。秀吉は、

「山崎の戦の折は苦労をかけたなも」

「なんの……お役に立てず、恐縮でございます」

「ジュスト殿まで招かれとる、とすりゃ、こりゃーおそらくかなりの人数が来とるわ」

秀吉は言った。柴田勝家と自分は織田家の臣のなかでも位が高く、家老職に当たる。しかし、高山右近は信長の家臣である明智光秀の組下大名なのである。

勝家が首を傾げ、

「だとすると部屋数が足るまいて。客間はこの広間を囲むように置かれておるが、うらがざっと見たところでは、全部で十部屋ほどだった。御屋形さまの部屋や接待役たちの部屋もあろうゆえ、客は五、六人ほどしか泊まれぬはずだ」

「ふむ……」

秀吉は右近に向き直り、

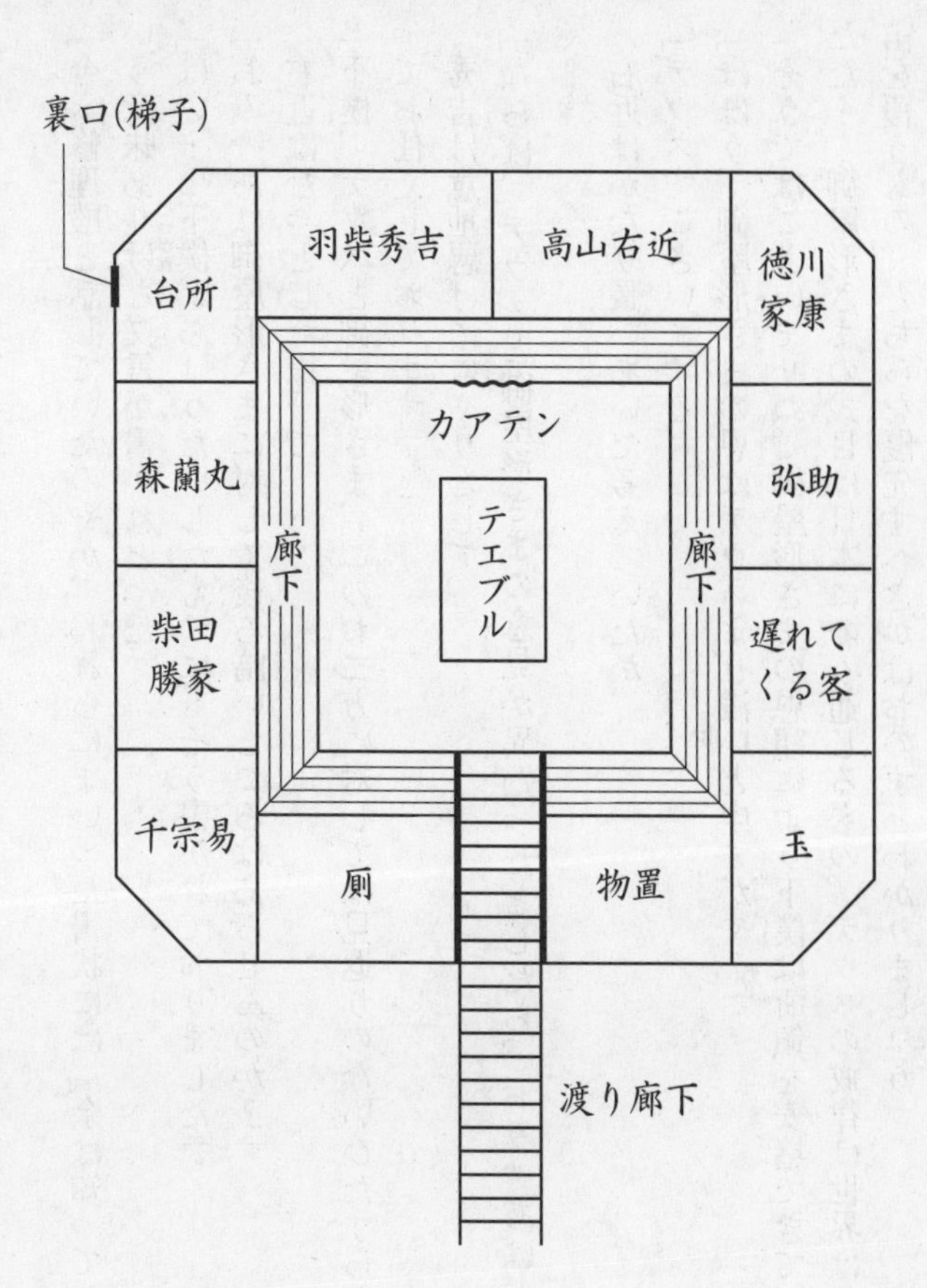
裏口(梯子)
台所
羽柴秀吉
高山右近
徳川
家康
カアテン
森蘭丸
弥助
テエブル
廊下
廊下
柴田
勝家
遅れて
くる客
千宗易
玉
厠
物置
渡り廊下

「今も修理殿と話していたのやが、われらにまいった書状には『余は知っておるぞ』という意味ありげな文言が書かれとった」

「はい……下僕（やつがれ）がちょうだいしたものにもそう書かれておりました」

「おみゃあは御屋形さまに対して後ろ暗いところはあらせんのか？」

右近はむっとした様子で、

「下僕（やつがれ）、デウスと御屋形さま、このお二方に対しては見返りのないひたすらの忠心を持ってお仕えしております」

秀吉は意地悪げににやりとして、

「ならば、デウスと御屋形さまの意見が異なったとしたら、おみゃあはどちらにつく？」

右近はかなり長いあいだ考えていたが、

「デウスでございまする」

「ほほう、御屋形さまの恩はデウスより浅いと申すがや？」

「そうではございませぬ。御屋形さまの恩寵により下僕（やつがれ）は所領を安堵できております。ただ……御屋形さまの式目（しきもく）は日本にのみ通じるもの。デウスの戒律は世界はおろか全宇宙を覆うもの。どちらを優先すべきかはおのずとわかりましょう」

柴田勝家が口をはさみ、

「その言葉そのまま御屋形さまのまえで申せるかな」

「ははははは……下僕(やつがれ)も時と場合はわきまえております」

三人が笑いあったとき、またしてもカアテンの向こうからだれかがやってくるのが見えた。秀吉が、

「これはこれは三河殿……」

現れたのは徳川家康であった。家康は両手をうしろで組み、まるで老人のような足取りでひょこひょこ歩むと、三人に向かってぺこりと頭を下げた。

「ほかにだれが招かれておるのかと気が気ではござらなんだが、ご一同とわかりホッといたした。気心の知れた御仁ばかり。いや、祝着、祝着」

勝家が、

「本能寺の折はえらい難儀をなされた、と承ったが……」

「この家康、生涯はじめてというぐらい肝を冷やし申した。一時は死を覚悟いたしましたが、怖かった怖かった」

秀吉が、

「三河殿ほどの豪傑でも、死ぬのは怖いとみえるがや」

「そりゃそうでござる。生きておったればこそ、こうしてお歴々とも再会できたと申すもの」

「ははは……あいかわらず口が上手や。——ところで、三河殿……われら三名は織田家の臣だが、三河殿はそうではないがね」

「あいや、それがしも右府殿の臣同然……」

「いやいや、三河殿は諸侯のおひとりや。しかし、なにゆえ三河殿が招かれたか……心当たりはござろうか」

家康は真剣な顔つきになり、

「それがさっぱりわかり申さぬ。それがしもここに来るまでのあいだ、右府公の真意はいずれにあるのか、ほかにどなたとどなたが招かれておられるのか、いろいろ考えたがなんの結論も出ぬ。たしかに、修理殿、筑前殿、右近殿という織田家の重臣のなかにそれがしが交じるというのも妙といえば妙でござるな」

「御屋形さまから三河殿に来た書状にも、『余は知っておるぞ』という言葉が記されとったかや？」

家康は膝を叩き、

「おお、そのことでござる。ということは、ご一同の書状にも書いてあったのでござるな」

三人はうなずいた。家康は熱を込めた口調で、

「それがし、右府公に対し隠しごとなどひとつもござらぬのに……と気にしておったところでござる。ということは、あれは右府公のいつもの茶目でござろうか」

勝家がため息をついて、

「茶目にしてはちと悪辣だ。ああいうことを書かれると、たとえ潔白でもこちらは心穏やかでおれぬ」

「それが御屋形さまの付け目だで」

そのとき、

「皆さま、おそろいの御様子で……」

声がした方を四人が見ると、森蘭丸を先頭に、千宗易、光秀の娘玉、弥助の四人がカアテンをくぐって広間に入ってきた。勝家が、

「お揃い、ということは、客はこの四人だけなのだな？」

蘭丸はかぶりを振り、

「じつはあとおひと方いらっしゃいますが、まだ到着しておられぬようでございます」

「御屋形さまのお呼び出しに遅参とはけしからんではないか。いったいどこのだれだ」

蘭丸は含み笑いをして、

「今は申せませぬ」

「また秘匿か。いいかげんにせい。もう、明かしてもよかろう。どうせ名を聞いたとしても、ああ、あやつかとだれも驚くまい」

「上さまのお言いつけでございますゆえ……」

「その上さま……御屋形さまはいずれにおられる。そろそろお出ましになられてもよいのではないか？」

「まずはそのまえに、皆さま方に夕餉を召し上がっていただきとう存じます」

右近が、

「なんと……御屋形さまはわれらとともに食事なさらぬのか」

「はい。じつは上さまは例の火事のために顔を包帯で巻いておられます。そのような状態で夕餉の膳をともにすると皆さまに気をつかわせる、とおっしゃっておいでです」

勝家が、

「いらざる気遣いだ。皆、御屋形さまとの再会を心待ちにしておる。顔だけでも出してくれぬものかのう」

蘭丸は目を細めて笑い、

「まことにそうお思いですか？」

「なにが言いたいのだ」

「ご一同さまは心から上さまと対面したいかどうか問うておりまする。なかには、できればこのまま会わずに帰りたい、と思うておられるお方もおいでかと……」

皆は口々に、

「なにを馬鹿なことを……」

「わしらを試しておるのか」

「御屋形さまに会うためにはるばるかかる僻地にまで参ったのだ」

「早う会わせてちょう！」

蘭丸は微笑みをたたえたまま、

「会いたい会いたいとおっしゃるのは、もしかするとまだ、上さまご存命に疑いを持っておられるからではありますまいか」

勝家は憤然として、

「お蘭、貴様はただの小姓頭ではないか。あまりに織田家の重臣を愚弄するようなことを申すと、うらたちは帰るぞ！」

蘭丸はうさぎに似た可愛らしい顔をくしゃっと歪めた。自分への信長の寵愛、ここにいるものたちの信長に対する恐怖心などを心得ており、どこまでなら嫌味を言ってもよいかを見極めているのだ。

「お怒りになられては困ります。ですが、皆さまはこの島から帰ることはできませぬ」

「なに……？」

「迎えの船が来るのは二日後。それまではこの館にご逗留いただくほかありませぬ」

秀吉が度量の大きいところを見せようとしてか、

「修理殿、腹を立ててもしかたないわ。まずは落ち着いて、飯でも食い、御屋形さまのなさりようを見定めまいか」

「むむ……なれど、あまりにこやつがなめた物言いをしよるゆえ……」

秀吉は蘭丸に向き直り、

「お蘭、この館にはおみゃあたち四人のほかに接待役は何名おるか教えてちょうよ。それぐらいならば答えてもさしつかえあるまいて」

蘭丸はあとの三人と顔を見合わせたあと、咳払いをして、

「あとは食事を調える料理人、下男、下女など……下働きのものが合わせて六名おりますが、彼らはこの館の敷地の裏手にある長屋に寝泊りしております。ゆえに、この館に宿泊しているのはわれら四名と皆さま方四名、それに上さまの九名でございます」

勝家が、

「それはおかしかろう。うらが家臣どもを鉄砲にて殺したる射手がおるはずだ。あれほどの撃ち手であろう」

「火縄銃を撃ったのは上さまご自身でございます」

「な、なに？　そりゃまことか」

「はい。そう聞いて……いえ、そうなのです」

「上さまは鉄砲を撃ったことはあるはずだが、あれほどの名手だとは聞いたことがないぞ」

蘭丸はそれ以上は応えず、微笑むだけだった。勝家は舌打ちをして、

「さっきもうひとりが遅れてくる、と申しておったな。すりゃ、都合十名ということか」

「さようでございます。――では、さぞかしおなかも空かれたことでございましょうから、夕餉を運ばせていただきます」

蘭丸が合図をすると、宗易、玉、弥助の三人は一旦広間から退出した。そして、間もなく盆に載せた皿や箸、湯呑みなどを運んでくると、それぞれの席に配った。料理は、孤島という悪条件にもかかわらず贅を尽くした豪奢なもので、魚がふんだんに使われて

いた。しかも、膳にはそれぞれの武将の家紋がつけられている。畳や板の間に座して、ひとりずつあてがわれた膳からものを食べている武将たちにとって、テエブルに着き、西洋風の椅子に座っての食事というのは勝手がちがう。

「うむむ……さすがは右府殿だ」

食通の家康が唸っただけのことはあった。一の膳は、鯛の塩焼きと蛤の煮付け、焼き蛸。二の膳は、アワビの塩蒸し、ウナギと田螺の酢の物、三の膳は、つぐみのつけ焼きと茹でた手長海老と若芽の和えもの、四の膳は、椎茸、舞茸、シメジの味噌漬けと茄子とせりの汁、五の膳は鯛とヒラメの刺身であった。餅の入った雑煮も出た。

「美味ゃあ！」

秀吉が声をあげた。続いて勝家が、

「ううむ……なんともぜいたくではないか。かかる離れ小島でこのような馳走に与ろうとは……さすが御屋形さまである」

家康も、

「それがしが安土城にて受けた歓待を思い出しますな。材料をいちいち吟味し、味付けにも心を砕いておいでなのがようわかる」

高山右近は十字を切り、

「おそらくは山崎の戦にて光秀を討った勝利の祝いということでございましょう。われらの日用の糧を賜り、デウスさま、御屋形さま……ありがたくちょうだいつかまつる」

勝家と家康がじろりと右近を見た。ふたりとも山崎の戦いにはなんの貢献もしていない。柴田勝家は越後で指をくわえていたし、家康に至っては命からがら伊賀越えをしていたのだ。

しばらく食事が進んだころ、秀吉が言った。

「日頃の御屋形さまはもっと塩辛き味を好んどられたように思うがやけんど……」

三好家に賄い頭として仕えていた坪内石斎という男に料理を作らせたとき、信長は、

「水臭き料理なり。首をはねい」

と言った。石斎が、

「作り直させてほしい。今度まずかったら殺されてもかまわん」

と願ったため、その言を聞き入れた信長は翌日もう一度石斎の料理を食し、満足したという。石斎は後日、

「最初は京の公家風の薄味に仕立てたが、二度目は濃い味の田舎風にしたのだ」

と周囲に語ったという。

「ははは……うらたちは公卿並の舌の持ち主と御屋形さまがお考えということだ」

勝家は笑った。無論、酒も出た。

「上酒だがね」

酒好きの秀吉は笑った。柴田勝家も徳川家康も酒飲みであった。信長はほとんど酒をたしなまぬ。しかし、今日の膳は、酒の肴としても極上のものがそろっていた。秀吉は、はじめのうちこそ信長に配慮してちびりちびりと飲んでいたが、そのうち酒の美味さに我慢できなくなって、酒器を大きなものに取り替えさせた。顔を熟柿(じゅくし)のように赤くして、

「酒もよきかな。どぶろくではのうて、こりゃ清酒だわ。御屋形さまは酒飲みの心もようわかっておいでだがや。こりゃあ美味すぎる」

徳川家康もにんまりとして、

「酒は百薬の長と申すが、かかる混ざりもののない酒は長のなかの長と申すべきだな。飲めば飲むほど、はらわたが洗い流されるような心地がいたす」

高山右近は、

「いや……下僕(やつがれ)は不調法ゆえ……」

と一旦は断ったのだが、

「切支丹ならば葡萄酒は儀式に使うゆえ少しは飲めるはず」

「む……葡萄酒ならば多少は……。だが、葡萄酒の支度がござろうか？」

「伊太利亜の赤葡萄酒がござる。ぜひご賞味を……」

蘭丸はギヤマンのカップを右近に渡し、赤葡萄酒を注いだが、ほかのものたちも、

「おれにもくりゃあせ」

「美味そうだ」

と言い出した。柴田勝家は、葡萄酒を薄気味悪そうに横眼で見て、

「まるで血のごとき酒だのう」

蘭丸がからかうような口調で、

「血のごとき酒ならば、『鬼』と仇名された修理殿にふさわしいのではございませぬか」

そう言われると飲まぬわけにはいかぬ。勝家はおそるおそる口をつけたが、

「ふむ……ちょうどよい渋みがあるのう。気に入った。甘露、甘露」

立て続けに数杯飲み干し、

「ううむ、これが血なら血の池地獄とやらも悪うないわい。もっとくれ」

「はい、いくらでもお注ぎいたします」

瓶を手にした蘭丸に、

「いや、待て。——お蘭、おまえも飲め」

「私が、でございますか？　とんでもない。私は皆さま方を接待する身。役目がすむまでは遠慮いたします」

「なにを申す。客が『よい』と言うておるのだ。飲め飲め……」

「いえ、上さまに叱られます。ご勘弁くださいませ」

「なにい？」

　勝家が両目を吊り上げた。

「うらの酒が飲めぬと申すか。座興で申しておる。口をつけた真似だけでもすればよいではないか。うらの顔を潰す気か」

「はははは……そのようなつもりは毛頭ございませぬが、上さまのお言いつけ……」

「おい、貴様、いつからそんなに偉うなった。さっきといい今といい、御屋形さまのご寵愛をよいことにうらたち重臣に向かって言いたい放題。だが、此度は通じぬぞ。この勝家が差した盃だ。たとえ口をピリピリ……と引き裂いてでも飲ませてやる」

　悪い酒である。蘭丸は涙目になって、

「私は酒は一滴も飲めぬのです。どうぞお許しを……」

「面白い。部屋に戻って刀を取ってくるとしよう。飲めぬ酒を飲むか、それともうらの刀を飲むか、いずれがよいか決めい」

蘭丸は青ざめた。秀吉が、

「修理殿、大人げないふるまいはやめやあせ。せっかくの酒と飯がまずなるがや」

その一言で勝家は余計に片意地になったらしく、

「いや、ならぬ。――お蘭、どうする。飲むのか、飲まぬのか！」

蘭丸は千宗易の顔を見たが、宗易はかぶりを振った。自分ではもう止められぬ、というこ とのようだ。蘭丸は勝家に向き直り、

「では……ちょうだいいたします」

勝家はおのれが飲み干して空にしたカップを蘭丸に差し出した。蘭丸はみずからそこに葡萄酒を注ぎ、縁に唇をつけた。

「飲み干せ。ひと滴たりとも残すな」

勝家に強いられ、仕方なく蘭丸はカップ一杯の葡萄酒を干した。顔を真っ赤にした蘭丸はカップをテエブルに置き、

「飲みました……これでお許しくだされ」

「もう一杯飲め」

「無理でございます」

「無理でも飲め」

勝家はカップを取り上げて酒を満たし、ぐいと突き出した。

「お許しを……」

「許さぬ」

勝家はギヤマンのカップの縁を蘭丸の桃色の唇に強く押し付けた。赤い酒が唇の左右からこぼれて蘭丸の衣服や床を濡らした。カップが割れそうになっても勝家はその行為をやめなかった。蘭丸は口をこじ開けられ、葡萄酒の大半を嚥下させられた。蘭丸はテエブルに両手を突き、荒い息を吐いている。

勝家が、

「よう飲んだのう。堪忍してやるか」

そう言ったとき、突然、蘭丸が赤い液体を大量に口から吐いた。だれもが、たった今飲まされた赤葡萄酒を戻したのだ、と思った。しかし、それにしては量が多すぎる。赤い液体はテエブルから床へと滝のように流れていく。千宗易が、

「蘭丸さま……!」

駆け寄って、介抱しようとした。そのとき、赤い液体を間近に見た宗易が叫んだ。

「これは、血ぃや。――蘭丸さま！　蘭丸さま！」

しかし、すでに蘭丸の命はなかった。予想外の事態に勝家たちも絶句して蘭丸の死体

を見つめた。秀吉が、

「慣れぬきつい酒を強いられて、それが胃の腑を破ったのかや？」

右近も、

「かもしれませぬな」

勝家が狼狽して、

「まさか死ぬとはうらも思わなんだのだ。——酒に弱いにもほどがある」

家康が、

「いや……カップ二杯の葡萄酒でこうまでなるとは思えぬ。ちょっと失礼……」

蘭丸の口もとに顔を近づけ、しばらく匂いを嗅いでいたが、

「なるほど……わかった。これは毒を盛られたようでござる」

「なに？」

「わしはこう見えても薬の類には詳しゅうござってな、みずから調合もする。ははは……薬道楽というやつでござる。蘭丸殿が盛られたのは俗にいう鴆毒（ちんどく）の類であろう。無味無臭で、これを飲むとただちに血を吐いて死にまする」

皆、呆然として蘭丸の死体を見つめていたが、やがて、千宗易が勝家に目をやり、

「修理さま……なにも殺さずとも……」

勝家は顔を引きつらせ、

「う、うらは知らぬ。うらは毒など飲ませておらぬぞ」

「せやけど、蘭丸殿は修理さまのカップから飲まれましたのや。ほかのものには毒を入れる機会など皆無。修理さまが手を下したとしか……」

「ちがう！ 考えてもみよ。うらもこのカップで飲んでいたのだ。このカップに毒が入っていたとしたら、うらが先に死んでおるはずではないか！」

「な、なるほど……それも道理でおますなあ」

そう言うと宗易はいたましい顔つきでふたたび蘭丸を見やった。秀吉が、

「修理殿でなくば、いったいだれがやったがや。カップに触れたのは当人と修理殿だけだ」

勝家が、

「うらではない！ うらはなにもしておらぬ！」

「おみゃあとは言うとらんがや。お蘭が飲んだカップの酒をご自分が先に飲んどられたことを考えると、修理殿の疑いは逆に一番薄うなる。と言うて、疑いが晴れたわけではない。ここにおる全員が嫌疑あるものということだがや」

右近が、

「料理人や下男、下女も含めて、でございまするな」

秀吉はうなずき、

「さよう。そして……いまだ姿を見せぬ御屋形さまもまた、嫌疑あるものの一人(いちにん)……」

宗易が、

「ともかくも蘭丸殿のご遺体をいずれかに運びまひょ。ここは寺やが、故人に引導を渡せるものはいてまへん。本殿にある御仏の像のまえにでも寝かせ、花を手向けまひょ」

弥助と宗易が、蘭丸を戸板に乗せて広間から運び出した。玉は、放心したようにその場に崩れて、涙を袖で拭いている。

柴田勝家が暗い声で、

「蘭丸は、小姓頭として御屋形さまのもっとも身近に仕えておった。御屋形さまの良き面も悪しき面も見知っておったであろう。せっかく本能寺の災難を生き延びたというに……憐れよのう……」

秀吉もうつむいて、

「長命を望めぬ今の世ではあるが、十八歳とは早死にだがや。うさぎのように愛くるしい顔だったが、飲めん酒を飲まされたうえに毒まで食らわされ、苦しみもがいて死んだゆえ、死に際の顔は醜く歪んどった……」

勝家が、

「それを言うな。うらとて、こんなことになると思うて飲ませたわけではないのだ。ほんの座興のつもりであった。それもこれも運命だ。お蘭にしても、本能寺で華々しく討ち死にした方がよかったのか、かかる孤島で毒を飲まされて死ぬ方がよかったのか……まことのところはわかるまい」

そのとき、壁の南蛮画を見つめていた家康がぼそりと言った。

「蘭丸殿はうさぎに似た愛くるしい顔、と申されたな」

秀吉が、

「そうやとも、三河殿。お蘭は皆からうさぎ、うさぎとからかわれとったに」

「ここにもうさぎがおりますな」

家康は絵を指差した。鳥獣戯画を模した絵のなかに、狸や狐などに混じって白いうさぎがススキを手にして跳ねている。

「ここに来たときから不思議に思うていたのだが、なにゆえこの絵が客殿に掛けられておるのでござろう」

秀吉が、

「御屋形さまの好みだから、だなも」

勝家がかぶりを振り、

「御屋形さまは、金箔を貼ったうえに色鮮やかなる絵の具で描いた派手な絵をお好みであった。題材も、虎、龍、鳳凰……といった勇壮なものがお好きだったと思う。安土の城の襖絵を見ればわかるではないか。狐やうさぎなど、こんなちまちましたものは嫌うておられたはずだ」

「そう言われれば……」

秀吉がうなずくと、右近が首を傾げ、

「こちらの耶蘇が磔になっている絵は、御屋形さまの切支丹好きからだと思いますが、小獣の絵は意味合いがわかりかねますな」

勝家は顔をしかめ、

「勘違いするな、ジュスト殿。御屋形さまは切支丹が好きだったわけではないぞ。伴天連が持ってくる南蛮の品々に関心があっただけだ。あのお方は、その気になったら延暦寺同様、南蛮寺を焼き払い、宣教師を斬り殺すだろう」

右近は黙り込んだ。秀吉が、

「それほど深い考えやなく、龍や虎よりはうさぎや猿の方が遠来の客の心をなごませる……そうお思いになりゃあたんよ」

家康が、

「いや……わしが言いたいのはそういうことではなく……」

そのとき、宗易と弥助が戻ってきた。宗易が、

「ようやく穏やかな死に顔になりました。あとは仏さまが守ってくれはりますやろ」

それを聞いた玉が、

「あの……私も蘭丸さまとお別れをしたいので、本殿に参ってもよろしゅうございますか。今日(こんにち)までほんの数日間でも一緒に接待の支度をした間柄ゆえ……」

宗易がうなずくと玉は悄然として広間を出ていった。家康がじろりと宗易を見て、

「この絵は、なにゆえここに掛けられておる？」

「右大臣のお指図ではおましょうが、なにゆえか、まではわかりかねます。ただ……この小島は『のけもの島』などと呼ばれとりますさかい、野の獣を集めた絵を掛けた、というご趣向かと私は思うとりました」

勝家が大声で、

「野の獣で『のけもの』だと。そういうつまらぬ洒落(しゃれ)は、うらの知るかぎり、御屋形さまは嫌うておいでだった」

「……」

「宗易、そろそろ言うてもよいのではないか」

「なにを、でおます」

「御屋形さまはいずれにおわす」

「それは……申し上げられまへん。ただ、この館の、とある場所におられることは間違いおまへん」

「ならば会わせてくれい。今すぐにだ。うらも、この島に来たときは正直、久々に御屋形さまに会うのが怖いような気持ちもあったが、そうも言うておれぬ。お会いして、うらたちをこの島に集めた理由をききたい。それと……蘭丸をだれが殺したのか、もだ」

「上さまが、皆さまに会うというお気持ちになられるまで待っとくなはれ。私の立場では、そうとしか申し上げようがおまへんのや」

「こうしてひとがひとり死んだのだ。戦で討ち死にをしたのではない。うらたち全員の知りびとが目のまえで毒を飲まされて死んだのだぞ。——客殿のなかに御屋形さまのお部屋があるのだろう。そこに連れていけ。あとはうらが扉越しに話してみる」

宗易は勝家を真っ直ぐに見つめ、

「上さまは……客殿にはおられまへん」

「では、どこにおいでだ」

「それは……申せませぬ。上さまから、わしの居場所は言うてはならぬ、ときつう言いつけられとりますさかい」

「そこがわからんのだ。なにゆえ御屋形さまがおのれの居場所を隠す？　うらたちに会うためにこの島に集めたのだろう」

宗易はなにか言いかけたが、

「われわれはただの接待役。答えられぬこともおます。そのことはどうかご理解を……」

そのとき、それまで黙っていた家康が、

「いや……わしがこの絵のことを申したのは、さきほど部屋にて歌を聴いたからだ」

「歌……？」

宗易は眉をひそめた。

「さよう。ようは覚えておらぬが……かごめ、かごめ……こまどりが……どうのこうのという歌い出しでな、山奥に六つの獣がいる、とかなんとか……。そのあとに続く文句が、『一番はうさぎ殿』で、酒をむりに飲まされて殺される……とか言うたように思う。部屋の外から聞こえたようだったが、地の底から響いてくるような不気味な感じであった」

勝家が、

「なんのことだ。うらにはまるでわからぬ」

秀吉が、

「いや、その歌ならおれも耳にした。おれが聴いたのは、猿がどうしたとか申しとったがや。廊下から聞こえてきたと思うが、年寄りの声のようにも若きものの声のようにも思えたんだわ」

宗易は、

「私はこの島に来てからそのような歌は聴いたことはおまへんが……おそらくそれは、今、京の童たちのあいだでさかんに歌われている流行り歌やと思います。私も何度か耳にいたしました」

「何度も聴いたのならば覚えておるだろう。ここで歌ってみせよ」

「歌は不調法なれば、お耳汚しになるかと……」

勝家がいらいらとして、

「かまわぬ。歌え」

宗易はしばらく下を向いていたが、やがて訥々（とつとつ）と歌いはじめた。

かごめかごめ
かごのなかのこまどりが言うことにゃ
人も通わぬ山奥に　山奥に
六つの獣がござった

一番はうさぎ殿
白いかんばせ　おちょぼ口
慣れぬ酒をば強いられて
酔うたあげくに殺されまする

二番は赤鬼殿
荒けき声で脅しはするが
桃太郎たちには勝てやせぬ
おのが金棒で殺されまする

三番は案山子殿

デウスの作りし人形なれど
山田のなかの十字架のうえで
槍に突かれて殺されまする

四番は狐殿
人の獲物を横からかすめ
天罰受けたるはずなのに
今ひとたびも殺されまする

五番は山猿殿
知恵はあれどもその知恵に溺れ
キッキッと笑うて笑い過ぎ
息が詰まって相果てまする

六番は狸殿
選んだ船は泥船にて

背中に火がつきぼうぼうぼう
熱い熱いと殺されまする

一同は呆然としてその歌に聴きいった。やがて、宗易が歌い終わっても、だれも言葉を発しなかった。しばらくして皆を代表するように秀吉が、

「一番目はうさぎ殿……白いかんばせ、おちょぼ口……とはまさにお蘭がことだがね。慣れぬ酒をば強いられて酔うたあげくに殺されまする……というのもさきほどの死にざまを言い当てとるに」

赤い顔をした勝家が、

「わらべ歌が、たまさか今の蘭丸の死にざまと符合しておった、というだけだ」

秀吉が、

「はたしてそうかのう。――この絵を見やあせ。うさぎだけではない。赤鬼も案山子も猿も狐も狸も描かれとる。歌の文句のとおりだがや。しかも、鳥獣戯画なら蛙がおるはずやが、なぜか蛙は描かれとらんのだ」

家康も、

「なるほど……たしかにうさぎや猿や狐、狸はわかるが、案山子や赤鬼が出てくるのも

妙な話……」

秀吉が、

「つまり、この絵は今のわらべ歌の歌詞を念頭に描かれたもんだ」

勝家が鼻で笑って、

「それがどうした。歌の文句を絵にした、というだけのことではないか」

秀吉は深刻そうな顔をして、

「わからぬか、修理殿……蘭丸は歌の文句のとおりに死んだがね」

「そんなことはわかっておる」

「二番、三番……の歌詞の尻にも『殺されまする』……とあった。ちゅうことは……」

「がはははは……真面目な顔をしてなにを申すかと思えば、やくたいもない……。歌のとおりにひとを殺すなど、そんな酔狂な暇人はおらぬ。気にしすぎだ」

「そうであろうか。二番の文句は『赤鬼』であった。このなかで赤鬼といえば……さしずめ修理殿の役回りだがや」

「なるほど、うらは『鬼の権六』などと呼ばれておるが、つぎはうらが殺される番だというのか。世迷言（よまいごと）を申すな」

千宗易が、

「そない言うたら、この絵の赤鬼……どことのう修理殿に顔立ちが似とりますなあ」

それは勝家も気づいていたことだったので、

「な、なにを言うか！　失敬なことを申すと、承知せぬぞ！」

「こ、これはすんまへんでした。ほんの戯れに……」

「場をわきまえよ。うらは、くだらぬ絵やわらべ歌などに惑わされぬぞ。『桃太郎たちには勝てやせぬ』とか『おのが金棒で殺されまする』……か。ははは……なんの意味もない。蘭丸は、さっきも申したとおり、たまたま歌の文句と死にざまが一致しただけだわい」

秀吉が、

「ならばよいのだが……いずれにしても気を付けてちょうよ」

「余計な心配は無用」

勝家がいつもより大声でそう言ったとき、玉が戻ってきた。その顔には血の気がなかった。

「どうなすった、玉殿。幽霊でも見たような顔をしておられるぞ」

千宗易がそう言うと、玉は無言で一枚の紙を差し出した。そこにはつぎのような内容が書かれていた。

蘭丸こと森成利は
余に無礼の段多く見受けられた咎(とが)により
ここに成敗いたしたるもの也
信長

皆、しばらくは無言であったが、やがて、勝家が言った。

「筆跡は御屋形さまのものとよう似ておる。花押も、御屋形さまが書いたように思える」

秀吉もうなずき、

「この島に来い、という書状もそうだったに。筆跡と花押に疑いがあらば、おれはここに来んかったやろ」

家康が、

「やはり右府公はいずくからかわしらを見張っている、ということか……。だが、なにゆえ姿をお見せになられぬ」

この島に来てから何度も思った疑問をまた口にしたが、答えられるものはいなかった。

秀吉が、

「しかし、これで蘭丸に毒を盛ったのが御屋形さまや、ちゅうことははっきりしたがや。けど……なにゆえそんなことを……」

勝家が、

「『余に無礼の段多く見受けられた咎』とあるが、うらの目からすりゃ、蘭丸こそ御屋形さまからの贔屓を一身に受けていたと思うぞ。叱られているのを見たこともない」

秀吉が、

「われらの知らぬ『無礼』に御屋形さまは気づいておられたのかもしれんの」

「たとえば?」

「たとえば……そやなあ、寵愛をええことに、大名たちに賂を求めとった、とか……

……」

「そういうことがあったとして、御屋形さまがそれに気づいたなら、その場で仕置きをすればよい。わざわざこの島で、毒を盛って殺すというのがわからぬ」

「そりゃあそうだ……」

勝家は急に腹が立ってきたらしく、千宗易に向かって、

「おい、御屋形さまの居場所を言え。うらは今からそこに参って直に話をきく。なにゆえうらたちを呼び寄せたのか。なにゆえ蘭丸を殺したのか。なにゆえ姿をお見せくださらぬのか。たとえそれが御屋形さまの逆鱗に触れて、首を打たれてもかまわぬ。もう我慢ならんのだ」

叫ぶようにそう言うと、宗易をにらみつけた。その顔は怒気をはらんでまさに赤鬼のようだった。宗易は最初のうちこそ静かな目つきで見返していたが、やがて、ふっと視線をそらしてため息をつき、玉に向かって、

「——もう隠し通すことはでけんようやな。言うてしまおか」

「私もそのように思います」

勝家はいらいらとして、

「なにを申しておる！」

宗易は頭(こうべ)を垂れ、

「我々は……知らんのだす」

「な、なにをだ」

「上さまがどこにいてはるか、をです」

右近が、

「宗匠は、御屋形さまから指図を受けている、とおっしゃった」

「それには違いおまへんが……私も玉殿も御屋形さまに直接お目にかかったことはおまへんのや。——のう、玉殿」

「はい、さようでございます」

右近が、

「なぜ嘘をつかれた」

「上さまのお指図だす」

「まだそれを言うか」

「いえ……ほんまだすのや」

宗易の言うには、本能寺の変のすぐあと、堺にいた彼のもとに一通の書状が来たという。焼け死んだと聞いていたので、偽物では、と思ったが、筆跡や花押、それに信長以外に知らぬはずの内容などから、

（真筆である……）

と考えざるをえなくなった。続いて二通目、三通目が来て、宗易はその書状で指図されたとおりに動くことになった。このことはだれにも漏らすな、たとえ家族にでも一言でもしゃべったら、貴様の一族郎党を皆殺しにする、という、いかにも信長らしい脅し

文句も書き添えられていた。この島に来ると、蘭丸、玉、弥助、それに料理人や下働きのものたちがいて、いずれも信長の命令通りに客を迎える支度をしていた。彼らも宗易同様、信長に直接会ったものはいなかった。

島に来てからも、信長の指示は書状の形でなされた。たいがいは蘭丸の部屋に届いていたようだが、宗易や玉のところに来ることもあった。「余はわけあって姿を見せることはできぬ。それゆえ、かようにいたせ」と、客の迎え方から接待のだんどり、客が言うことを聞かなかったときの対処法、なにを知らせてなにを知らせないか……などなどが事細かに指示してあった。宗易たちはそれをそのまま実行していた、と言う。

「上さまは、我々のことをどこからか監視してはります。ほんの些細なことでも、すぐに指摘しはります。けど、こちらから上さまになにかをおたずねする……ということはでけまへんのや」

秀吉は、

「おみゃあは、その相手がまことの御屋形さまやと思うとるのか？」

「それは間違いおまへん。これまでの戦のこと、ご家来衆のこと、我々のこと……をあそこまで存じておいでなのは、信長さまご自身しかおられまへんわ」

「ふーむ……」

秀吉は顎に手を当てて、

「蘭丸は死んでしもうたゆえ、問いただすわけにはいかんがね。——弥助、おみゃあはどだ？」

「私でございますか？」

「おみゃあは本能寺で御屋形さまとともに戦ったんだで、なにもかも見聞きしておるはずだがや。御屋形さまはどのようにして明智の軍勢のなかを脱出なされたのか教えてちょう」

「それが……」

弥助は下を向き、

「私は、はじめのうちは槍を手に戦っておりましたが、上さまに『日向守謀反のこと、せがれ（信忠）に報せよ』と命じられましたので、必死に血路を切り開いて寺の外に出、中将殿のところに馳せ参じました……」

信忠は、妙覚寺という寺に宿泊していたが、その報を聞いて、隣接する二条の新御所へと移った。そこにも明智勢が押し寄せてきたため、弥助は再び得物を手に戦った。敵の勢いは凄まじく、ついに信忠は切腹する覚悟を決めた。

「弥助、おまえは落ち延びて、パードレのもとに参り、父上やわしの最期がどのようなものであったかを異国にまで伝えてくれ。頼んだぞ」

そう言って信忠は自決した。死骸を縁の下に隠したとき、乱入してきた明智の雑兵が二条新御所に火を放った。弥助は火事にまぎれて脱出し、ほど近い場所にあるイエズス会の南蛮寺に身を寄せ、ほとぼりが冷めるまで隠れ潜んでいた。

「そこに、上さまからの手紙が届いたのでございます。筆跡や花押などから、いつも私が側近くで拝見していた上さまご直筆のもの、とすぐにわかりました。内容は、この島に渡り、客人を迎える支度をせよ、とのことでした。もちろん私に否やはございません。すぐに言いつけどおりにここに参ったのです。私が来たときはだれもおられませんでしたが、そのあと玉殿がお見えになられました」

「料理人たちは……？」

「あれは三河の町で新規に雇い入れたものたちゆえ、上さまには会うてはおりませぬ」

「御屋形さまが姿を見せぬのを不思議には思わなんだのか」

「身体中に火傷を負っていて、それが癒えるまではひとまえに出られぬ、とのことでしたので……」

秀吉は玉に向き直り、

「そなたも同じかや？」

「はい……。父光秀が謀反を起こしたため、てっきり離縁されるものと思うておりましたが、義父（幽斎）のとりなしで夫（細川忠興）の郷里、丹後の三戸野にございます細川家の屋敷に預けられることになりました。そこへ信長さまからの書状が参ったのでございます」

「ふむ……」

「文面や花押から考えて、偽物ではないと確信しました。なにゆえ私に……とは思うたのですが、信長さまがご存命ならば、私がその命に従うことによりわが父の悪行も少しはゆるく見てもらえるのでは、という気持ちから、ここへ参りました。夫に申しますと反対されるに決まっておりますので、数人の侍女とともにひそかに屋敷を抜け出したのです。数日で戻るから心配するなという手紙を持たせて侍女たちは船で返しました。最初は弥助さんだけでしたが、蘭丸さまや千宗易さまがあとから参られたので、おのれのしたことは正しかった、とさきほどまで思うておりました。ですが……まさか蘭丸さまが殺されるとは……」

「つまり、この島に来た順は、弥助、玉、蘭丸、宗易……ということやな」

「はい。それがどうかいたしましたか？」

「おれは……『推理』しとるがや」

「推理とは？」

「理に基づいて推し量ることだわね。――さっき蘭丸の死体を見に参られたとき、だれぞを見かけんかったか？」

「どなたもお見受けいたしませんでした」

「ふむ……」

秀吉はしばらく考え込んでいた。勝家がテエブルを平手で叩き、

「馬鹿馬鹿しい！　おまえたちもうらたちもだれひとり御屋形さまに会うとりゃせぬのだな。ただの紙切れに操られて、はるばるこの島まで来たわけだ」

家康が、

「だが、その手紙が本物ならば、右府公と直に会おうが会うまいが同じこと。われらはお指図に従うしかない」

しばらくのあいだ沈黙がテエブルを訪れた。接待役が信長に会っていない、という事実は一同のうえに微妙な意識の変化をもたらした。秀吉が、

「お蘭が御屋形さまへの無礼の咎で殺されたとしたら、われらへの書状に書かれていた『余は知っておるぞ』というのも、われらの過失を咎めたものかもしれんがや」

家康が憤然として、

「ならば、わしらは右府公に叱責されるために ここに集められた、ということか……」

勝家は、ふふんと笑い、

「なにを申す。うらたちがなした『善きこと』を知っておられる、ということかもしれぬ。そもそもうらには過失などない。誠心誠意、上さまにお仕えしてまいった譜代の臣だ。風の吹きようであちらを向いたりこちらを向いたりする連中とはちがうのだ」

明らかに「家臣」ではなく「同盟者」である家康への当てつけである。家康がじろりと勝家を見、

「その譜代の臣が右府殿が亡くなったと聞いてもすぐに京へ参らず、越前でぐずぐずしておられたのはなぜかな。やっと到着したときには、どこかのだれかがとうの昔に光秀めを討っておられたようでござったが……いやはや誠心誠意仕えていたものの態度とも思われぬ。右府殿はそのことを咎めておいでではござらぬかな」

「な、なにを申す。うらも駆け付けたいのはやまやまであったが、上杉勢や一向一揆との戦が長引き、すぐには撤収できなかったのだ。魚津から船で城へ戻ったが、出陣の支度に手間取り、ようよう近江に着いたるときには手の速い猿に先を越されておったわ」

秀吉が割って入り、

「おれは一報を聞くや、ただちに毛利と講和して、その足で大返しを行った。備中から京までは遠かったが、おれは御屋形さまのそれまでの恩に報いたいとの一心で必死に戻ってきたがや」

家康は嫌味な口調で、

「筑前殿にできたことが修理殿にできなかった、というのは解せぬのう」

「うらも動けるものなら動きたかったが、そうはいかなかった、というだけだ」

「もしや、修理殿はわざと動かなかったのではござらぬか？　いくらなんでも報を聞いてから近江に至るまでに十五日とは長すぎる。まことであればなにをおいても駆け付けようとするはずが、のんびりと越の国にとどまっておられたのが不審でござる」

勝家は血相を変えた。

「貴様……申してよいことと悪しきことがあるぞ！　それ以上侮辱するならばこの場で尋常の勝負をせよ」

「お勇ましいことだ。図星を指されたがゆえに怒っておいでか？」

「うるさい！　そこまで申すならばうらも三河殿に言いたいことがある」

「承ろう」

「お手前が安土城に参られた折、膳の料理が腐っている、と御屋形さまがお怒りになり、光秀は饗応役の任を解かれた。その屈辱が本能寺での謀反につながった、と聞いておる。三河殿は料理が腐っていると告げ口し、御屋形さまを怒らせることで、光秀に謀反を決意させ、自分はのうのうと堺見物をしておられたのだろう」

「はてさて、なにかと思えば、ひどい言いがかりでござる。わしがなにゆえ光秀をそそのかして右府殿を討たねばならぬ」

「御屋形さまはかつて、三河殿のご正室築山殿とご長男松平信康公に武田家へ二心の嫌疑を持たれたことがござった。やむなく三河殿は築山殿を殺し、信康公に詰め腹を切らせた。その恨みでござろう」

家康は酸い梅干しを食べたがごとく顔に皺を寄せ、

「あれは右府公の指摘を受けてわしの考えでやったこと。わが奥が武田に内通しておるとはつゆも気づいておらなんだゆえ、あのまま放置しておればたいへんなことになるところであった。右府公には感謝しこそすれ、恨んでなどおらぬ。ただ……咎人とはいえ、わが子を切腹させるのはつろうござったが……」

それまで黙っていた秀吉が茶化すように、

「きっきっきっ……わが妻と子を殺されたというのに感謝しとらっせるとは……三河殿もとんだ狸だなも。口ではそう申しておいでやが、腹のなかは御屋形さまへの恨みで煮えくり返っておるのやにゃあか」

「済んだことでござる。もう忘れ申した」

「ははははは……おみゃあさまは口と腹とがひとつではあらせんわ。狸は本性を明かさぬからな」

家康は秀吉をにらみつけ、

「わしに言わせれば、筑前殿も口と腹が合うてはおらぬように思えまするな」

「なに……？　おれはけろりとしたものよ。隠しごとができせん性分でのう……」

「そうでござろうか。たとえば、中国大返し……電光石火の速さで引き返した、などと巷では申しておるようだが、わしに言わせれば……早過ぎる、と存ずる」

「なに……？」

「わしも疾風迅雷の速さで軍勢を移動させること、筑前殿にひけは取らぬつもりだが、備中から山崎までをあの日数で、となると自信はない。というより、無理でござろう。伝令がひとりで駆け抜けるのではない。直前まで高松城を囲んでいたのを急遽引き払わせ、大慌てで移動させねばならぬ。全軍に指図を下すだけでも難儀でござる」

「えっへん、それは自慢させていただきましょう。おれの采配が冴えとったゆえだがや」

「いや、おそらくちがいまするな。いくらなんでも素早すぎる。——筑前殿は、光秀が右府殿に謀反を起こすのを知っておられたのではないか？」

「なななにを言う。易者ではあるみゃあし、おれに予言の力があるとでも申されるかや」

「わしの考えはこうでござる。筑前殿は前もって光秀から、近いうちに右府公を討つ、と聞いておられたのだろう。それゆえ、高松城を水攻めしてからも、撤兵して即座に移動できるよう支度万端調えておったのだ。そこで、本能寺での変事を聞くや、今だとばかりに戻ってこられた……」

「たたたわけたことを……。もし、おれが光秀の別心に気づいとったんなら、そのことただちに御屋形さまに知らせるはずやにゃあか」

「筑前殿は天下を取る腹づもりだった。なれど、御屋形さまを討つわけにはいかぬ。それは下剋上であり、主君を討った逆臣として光秀と同じ運命をたどるからだ。だから、光秀に御屋形さまを討たせておいて、その光秀を討った……さすれば天下は楽にふところに転がり込んでくる。——ところがどっこい、御屋形さまが生きていた、となると筑前殿の皮算用も潰えたというわけだ」

「狸め、ひとを化かすのもいい加減にしやあて。そりゃ三河殿のただの憶測だがや。なんの証拠もあらすか」

秀吉は苦虫を噛み潰したような顔でそう言った。それを聞いていた勝家はげらげら笑いだし、

「ふははは……筑前殿、すっかり天下人のつもりでおったようだが、当てが外れて笑止よのう。光秀のことを世間は『三日天下』と呼んでおるようだが、おぬしこそ三日天下ではないか。やはり、猿は猿知恵だ。人間さまより毛が三本足りぬ。はっはははは、愉快愉快……」

嘲るように笑いながら、壁の戯画の猿をばんばんと叩いた。千宗易が、

「絵が傷みまするゆえやめとくなはれ」

勝家は宗易の言葉など耳に入っていない様子で、

「貴様がまことの猿ならば、ひっつかまえて黒焼きにして、癇の薬にいたすものを……ひとに似たる猿、いや、猿に似たるひとで残念だわい」

「猿ならばまだましだがね。ひとに鬼とは呼ばれとうにゃあわ」

「うらがまことの鬼ならば、金棒で猿の脳天をば勝ち割ってやる」

言われどおしの秀吉は一矢報いんとして、

「ききき……おみゃあはまことの鬼だがや。ひとの皮をかむった鬼……浅井、朝倉、

延暦寺の坊主どもに対する情け容赦なきなされようは、たとえ御屋形さまのお指図とはいえ、あまりにむごたらしく恐ろしく、さすがのこの猿めも顔色なきありさまでござったわい」

「なにを言う。あの戦の大将は筑前殿、おのしではないか」

「さようではござったが、戦のあと、修理殿の浅井の残党への憎しみの掛け方は、まるで庭の蟻を潰していくがごとき苛烈なものだった。おれはあそこまでせよとは言わなんだがや。——あ、そうそう、思い出したがや。修理殿にはどうしても浅井家を滅ぼしたき理由がござらした」

秀吉はにやりと笑った。勝家は血相を変えて、

「そ、それは言わぬ約束ではないか！　貴公がその気なら、うらもあのことを言うてしもうてもよいのだぞ」

秀吉はぐっと言葉に詰まりながらも、

「貴公と違うて、おれは私怨私欲で動くことはない。あくまで天下国家のために働いておるだに。おみゃあは、浅井に二心あり、と御屋形さまにさんざん吹き込んだ、という噂も聞いたがや……」

「だ、だれがそのようなことを……！　許さぬ！　そやつの二枚の舌を切り取り、黒き

はらわたを抉り出してやる！」

「きっきっ……ただの噂だがね。そのようにむきになられると、噂が噂でなくなるに」

「くそたわけめ！　私心で戦を仕掛けたり、ひとを殺したりするものがどこにおる」

「人間なりゃあそのようなことはあるまい。でも……鬼ならばやりかねんに」

勝家は、猿の絵を拳で殴りつけ、

「言うな、筑前。うらのことを鬼だ蛇だと言うが、うらより貴様の方がよほど鬼ではないか。刀で斬り殺されたり、槍で突き殺されたりするのは一瞬の痛みだ。なれど、貴様がよく使う水攻め、兵糧攻めは、じわじわと真綿で首を絞めるがごとく、ひとから尊厳を奪っていく。武士よ、大将よと威張っていたものが、空腹と渇きに耐え兼ねて、しまいには草を食い、木の根を食い、小便を飲み、たがいに殺し合うようになる。うらはそのような残酷な真似はできぬわい」

「おれは城攻めのとき、少しでも敵味方の死人を少なくしよう、と心を砕く。そのための兵糧攻めだがや。無駄に殺し合って命を落とすより、よほど慈悲心のあるやり方だで」

「うらが聞いたところでは、おのしが鳥取城を兵糧攻めにしたるときは、飢え死にするものが城内にあふれ、餓鬼のように痩せ衰えたものどもが苦しみもがきながら助けを求めて叫んでいたそうだ。人肉を食らうものもいたとか。まさに生き地獄、筑前殿はひとの心がない畜生じゃ、と漏らすものもいたとか」

「だれがそのようなことを……！」

「ははは……ただの噂だがや」

勝家が秀吉の口真似をした。家康が取りなすように、

「まあまあ、どの軍略を取ればよいかは戦ごとに異なるものだ。筑前殿には筑前殿の、修理殿には修理殿のやり方がある。要は勝てばよいのだ。わしは勝つためならどんなことでもする。裸になって踊ったら勝てるなら、ためらわずに着物を脱ぐわい」

一同は笑い、張り詰めていた空気も少し緩んだ。勝家、秀吉、家康の三つ巴の言い争いはそれで終わった。

「今日は右府公との対面の儀はなさそうだな。そろそろ寝るか」

家康が欠伸をしながらそう言って、皆はうなずいた。千宗易が、

「蘭丸殿に毒を盛ったものがうろついているかもしれまへん。私や弥助も、夜中に何度か見回りをいたしますが、皆さまもくれぐれもご用心のほどを……」

秀吉はうなずき、

「うむ。うかつにものを食うたり、水を飲んだりせぬように気をつけねばならんに。明日の朝飼からは、だれぞに毒見をしてもらいたいがね」

宗易は、

「もっともなこと。——上さまより皆さまの接待を仰せつかった身として、その役、私がお引き受けいたしまっさ」

「頼む」

勝家が笑って、

「天下の豪傑が毒など恐れてなんとする。うらは気にせぬ」

秀吉が、

「勝手にしてちょ」

勝家は秀吉を横目でにらむと、広間から出ていった。それをきっかけに、全員が自分の客室に引き取った。

海から吹き付ける風が轟々と唸っている。館の土塀に、屋根に、柱にぶつかってみし

みしと建物を揺らす。ときどき遠くから鳥の声らしき叫びが聞こえてくるが、まるで女の悲鳴のようでもある。それらが夜通し続くのだ。浜に住んでいるものでないと、なかなか寝付けるものではない。

右近はさっきの広間での勝家、秀吉、家康の争いを思い出していた。どうやら三人とも脛に傷持つ身のようだ。しかし、

(下僕とて、清廉潔白ではない。同じく脛に傷持つ身……罪深き身体だ。デウスに捧げた志は高けれど、御屋形さまが知ったら許すとは思えぬ……)

高山右近は寝るのをあきらめ、座って「聖書」を読んでいた。これはデウスの教えが書かれた本で、パードレからもらって以来繰り返し熟読したため、すでにぼろぼろになっているが、右近はどこに行くにも持参する。戦場にも持っていく。先日の山崎の戦いの折ももちろん肌身離さずにいた。

右近は、戦国武将である。領地と領民を守っていく義務がある。そのためには敵と戦わねばならぬ。右近がなにもしなくても、向こうから攻めてくるのだ。放っておくと、自分や家族は殺され、領地は奪われてしまう。だから、戦う。そういう生きざまが、デウスの教えに反していることは右近にもわかっていた。武将であることは、すなわちひとを殺めるということなのだ。

デウスは言っている。

汝、殺すなかれ

耶蘇も言っている。

汝の敵を愛し、汝らを迫害する者のために祈れ

右近は悩んだ。これまでは、少しでも早く戦国の世を終わらせねばならぬ、そのための一番の近道は、織田信長という大将が日本の覇者となることである、自分はそれに協力しているのだ……右近はそう思っていた。

しかし、光秀が本能寺で信長を殺したために右近の夢は瓦解した。信長亡きあと天下人にもっとも近いのはだれだろう。それは秀吉である、と右近は考えた。だからこそ、光秀の依頼を断って秀吉側につき、先鋒まで務めたのである。結果、秀吉が勝利した。戦乱の日々はしばらくは続くだろうが、右近の理想の世には一歩近づいた……そう思った。ところが、信長は生きていた……。

（これは前進なのか後退なのか……）

信長も秀吉も家康も勝家も、覇権のためならひと殺しを辞さぬ。戦国武将だから当然だ。だが、右近の理想は「耶蘇教の教えのもとに究極の平和が万民に行き渡った世界」である。それを実現させるため、彼はある決断を下した。

（とにかく、結局はすべてデウスの御ためになることなのだ……）

そう割り切るしかない。

海鳴りが急に激しくなり、右近は聖書を閉じた。立ち上がって、廊下に出る。何ヵ所かに蠟燭が立ててあり、壁に大きく映った自分の影が揺らいでいる。

（おや……？）

広間の入口のカアテンをくぐろうとしてふと右手を見ると、だれかが廊下を遠ざかっていく。背格好から見て、柴田勝家のようだった。

「修理殿……」

右近は声をかけたが、なぜか勝家は彼を無視してそのまま廊下沿いに足早に歩き去った。声が聞こえなかったはずはないのだが……と右近は首を傾げながらも、広間に入った。途端、

「うわっ……」

と叫んでしまった。燭台が置かれたテエブルにはふたりの人物が座っていた。ひとりは玉である。もうひとりは、

「修理殿……！」

柴田勝家は右近に顔を向け、

「なんだ、うらがここにいたらおかしいか」

「い、いえ、そうではございませぬが……修理殿は今、廊下を歩いておられませなんだか」

「わしはずっとここに座って、玉殿としゃべっておった」

「はあ……さようでございますか……」

「おい、なんだ？　どういうことだ？」

「あの……たった今、修理殿が下僕のまえを歩いておられたように思えたもので……お声をおかけしましたが、返答がなく……」

「ふふん、だれかと見間違うたのであろう」

右近はため息をつき、

「でしょうな。疲れておるようです。目の錯覚だったのか、それともだれかと間違えたのか……。絶対にご当人だと思うたのですが、ここにおられるのだから、下僕の勘違い

でござるな」

「うらは、四半刻ほどまえからここにおる」

右近はこめかみを揉みほぐしながら、玉に言った。

「今この館に、修理殿とよう似た後ろ姿の御仁はほかにおるまい。ごつごつとした巖のような体軀で、肥え太り、背も高い。弥助は背は高いが太ってはおらぬし、筑前殿は小男だ。三河殿は太ってはおられるが、背丈は低い。宗易殿は痩せたお方だ。――料理人や下男のなかに修理殿に似たものはおられぬか」

「私の知るかぎりではおりませぬし、あのものたちがこのような時刻に客殿に参るはずもございませぬ」

「さようか……」

右近が情けなさそうに言うと、玉は、

「私が以前に読んだ書物のなかに、『影の病』というものが載っておりました。さる武家の当主が自室に入ろうと襖を開けたところ、そこにおのれにそっくりのものが座っていた、というのです。顔かたち、背格好はもとより、着ているものまで同じだったそうですが、その当主は間もなく患いつき、亡くなったそうです。その家では三代続いておのれと同じ姿を見たあとに当主が亡くなっており、『影の病』とか『影の患い』などと申していたとか……」

　右近は膝を打ち、

「ふうむ……下僕(やつがれ)も聞いたことがある。パードレが申しておった。西洋では『ダブル』というて、もうひとりの自分を見ると死ぬ、という言い伝えがあるそうだ。『影の病』と同じものだろうな。人間、魂をとどめておく力が弱くなると、魂が勝手に身体から離れてしまう。離魂病、とか言うそうだ。そして、魂と肉体が完全に切れてしまうと……」

　そこまで言ったあと右近は、言葉を飲み込み、勝家に目をやった。非常に不吉な話をしていると気づいたからだ。しかし、勝家は気にもとめず、

「はっはっはっ……もうひとりの自分か。小児を脅す怪談の類であろう。そのような妄言、いちいち取り合ってはおれぬ」

「もちろんさようでござりまするな」

「――うらは寝る。玉殿、夜遅うに話し相手になってもろうてすまなかった」

「いえ、私も眠れなかったのでちょうどようございました」

　勝家は席を立ち、広間を出ていった。右近は、

「修理殿はなにをお話しでござったかな」

「はい……お市の方さまのことを……」

「なに……?」

右近は眉根を寄せた。お市の方というのは、信長の妹であり、絶世の美女として知られていた。政略結婚で浅井長政に嫁いだが朝倉義景と信長の関係が決裂し、朝倉家と親密な浅井長政は朝倉についた。結局、浅井、朝倉両家は織田軍によって滅ぼされ、夫である長政は腹を切ったが、お市の方は茶々、初、江の三人の子らとともに城を脱出して信長の居城である清須城に引き取られた。

「なるほど……修理殿はお市さまにご執心であったか」

「たいそうな懸想ぶりでございました。どうすれば女子の心を得ることができるか、などと熱心におたずねになられ……」

右近は、

(まさに煩悩の塊のようなお方だ……)

そう思った。

「玉殿、ここ、ようござるか」

今まで勝家が座っていた席を指差した。玉がうなずいたので、右近はそこに腰を下ろし、

「下僕(やつがれ)も眠れなかったので気分転換をしに参ったのです」

「蘭丸さまがあのような目にお遭いなされたあとですので、無理もございません」

しばし無言のあと、右近は絞り出すように言った。

「昼間、お会いしたときから言おう言おうとは思うておったのだが、なかなか言い出せなかった。お父上のことはまことに残念であった。さぞかし下僕(やつがれ)を恨んでおられようのう」

玉はかぶりを振り、

「戦国の世のならいでございます」

「下僕(やつがれ)は織田家においては日向守殿の与力として働いておった。いわば主従である。それゆえ日向殿も自分に味方することを期しておられたであろうし、そういう書状ももろうた。しかし、下僕(やつがれ)はその望みをはねつけ、筑前殿にお味方したのだ」

「そのご見識は正しかったと思います。現に、父は敗れ、筑前殿はお勝ちになられました」

「下僕(やつがれ)が明智側についておれば、あるいは……」

「もうよいのです。終わったことです。——それより、私は今後のことを考えます。私は、てっきり離縁されると覚悟しておりましたが、夫の忠興はそうはせず、丹後国に閉じ込めただけでした。ですが、謀反人の娘という烙印は一生ついて回ります。こどもたちのこともあり、気が気ではありませぬ。信長さまが生きておいでならば、その慈悲におすがりし、父の生前の罪一等を減じていただこうと思うておりますが、果たしていずこにおられるのやら……」

「それにしても、なにゆえ日向守殿は謀反など起こしたのであろうのう。下僕（やつがれ）の知っておる日向殿はつねに明晰かつ冷静で、たとえどれほど折檻されようとも御屋形さまに別心なさるようなお方ではないと思うておったが……」

「はい。私も驚きました。まさか、と思いましたが……父の真意は今となっては確かめようもございませぬ。とにかく、父の罪障を少しでも軽くするために、私は仏門に入るつもりです」

「ふむ……」

右近は腕組みしてしばらく考えていたが、

「玉殿……玉殿は耶蘇教に関心はないか？」

「耶蘇教、でございますか。名を知るのみで、どのようなものかはまるで存じませぬが……」

「下僕（やつがれ）が父の代からの切支丹であることは存じておられよう。耶蘇の教えによると、罪のない人間などいない、ひとは皆、おのれが犯した罪で苦しんでいる、耶蘇はそんな罪深い人間を救うてくれるのだ」

右近は諄々と耶蘇教の教義を玉に向かって説いた。

「下僕も、武将として大勢の人間を戦場で殺し、そのものだけでなくそのものの家族を不幸に追いやってきた。両手は血で染まっている。罪の深さは計り知れぬ。恐ろしさに寝られぬ夜もある。そういう下僕を耶蘇はお許しくださる。耶蘇はみずから十字架にかかり、殺されることで、すべての人間の罪を贖うてくれたのだ」

右近は熱心に話し、玉は熱心に聞いた。しめくくりに右近は、

「仏門に入るのもよいが、耶蘇教に帰依してみてはいかがかな。洗礼を受ければ、貴賤、男女の別なく信徒になれる」

「南蛮の宗教と聞いて、これまではなにやら恐ろしいもののように思うておりましたが、右近さまのおかげで耶蘇教にとても興味が湧いてまいりました。ありがとうございます」

「なんの……下僕の話が少しでも役立てばうれしい」

「よきお話を聞かせていただき感謝いたします。少しばかり心が軽うなりました」

そう言って玉はにこりと笑った。

◇

しばらく寝床に横になっていた家康は、がば、と起き上がった。小便をしたくなったのだ。寝るまえに茶をがぶがぶ飲みすぎたためと思われた。いい歳をしておまるで用を足すのもいかがかと、厠に行くことにした。部屋を出ると、ちょうど柴田勝家が家康の部屋のまえを行き過ぎたところだった。背中に声を掛けようとしたが、長話になると小便が我慢できなくなるのでやめた。

(相変わらずの豪傑だ……)

家康が皮肉交じりにそう思ったのは勝家の歩き方についてだ。拳を握り、腕を左右交互に振り、背筋を伸ばし、まえをしっかり見つめてのしのしのし……と歩く。家康は背中を丸め、手を後ろに組んでちょこちょこと歩く。以前はいざ知らず、今の武将は一対一の戦はどうでもよい。何万という兵を動かし、何万という敵と戦うのだ。おのれが豪傑らしく振舞う必要はない。家康の目から見ると、勝家は時代に遅れた昔ながらの武士(もののふ)だった。

長篠の戦い以来、「戦」というものはすっかり変わってしまった。戦場で、

「ややあ、遠からんものは音にも聞け、近くば寄って目にも見よ、われこそは……」

と名乗りを上げ、一対一で斬り結ぶような豪傑と豪傑のやりとりが勝敗を左右することは皆無となった。今は、鉄砲をどれだけ所持しているか、によって勝ち負けが決まってしまう。鉄砲には火薬が必要であり、火薬には硝石が必要だが、硝石は日本では産せず、ほとんどを中国からの輸入に頼っている。つまり、その輸入窓口である堺を押さえたものが戦国を制する、と言ってよい。信長はいち早くそのことに気づき、堺をおのれの支配下に置いて、堺商人と手を結んだ。千宗易も堺商人のひとりである。家康が本能寺の変の折に堺にいたのは、のんびり見物していたわけではなく、おのれも堺に食い込もうという腹づもりだったからである。勝家にはそういう先見の明はなかった。

しかも、人間性に難がある。とうていひとの上に立つ器ではなく、当人にもその気はないようだったが、目先の欲への執着は人一倍ある。家康は、

（いずれ、このお方は天下覇権の争いからは脱落し、身を亡ぼすであろう……）

そう思いながら見つめているうちに、勝家は「金の御幣の間」に入っていった。しばらくのあいだとぼとぼと廊下を進んでいった家康は、背後から足音が聞こえてきたので立ち止まると、振り返った。家康は思わず目をこすった。暗がりから柴田勝家が亡霊のように浮かび上がり、こちらに向かって歩いてくるではないか。家康が呆然としてその

姿を見つめていると、勝家は顔を上げ、

「おお、三河殿。先ほどはうらもついカッとなって失礼いたした」

「いえ……わしも言い過ぎました」

「ご貴殿も眠れぬのか」

「は、はい。茶を寝しなに飲みすぎましてな、厠へ行くところでござる」

「ははは……うらは慣れぬ潮風の音で寝付かれず、広間で玉殿とよもやま話をしておった。――では、失敬いたす」

立ち止まったままの家康を追い越して、勝家は自分の部屋に向かって歩いていった。

家康は動悸が高まってきて、

（わしは見間違いをしたのか……それとも修理殿の冗談に引っかかったのか……）

そう思ったが、小便を洩らしそうだったと思い出し、後ろ髪ひかれる思いで厠に急いだ。

◇

柴田勝家は、玉との会話に慰められていた。思えばこの島に来て以来、心休まるときはなかった。鬼だのなんだのという言われようには腹も立ったが、武将としては誉め言葉だと思うしかない。それよりなにより、秀吉が他人のまえで「あのこと」に触れたのが衝撃であった。

（言わぬ約束であったはずが……卑怯な猿め！）

自分の身が危ういとなるといくらでも内緒ごとを暴露する。

（御屋形さまが本能寺で死んだと聞いたゆえ、うらは「あれ」を承諾したのだ。生きておられると知っていれば、あのようなことはせぬ。御屋形さまに知れたら、うらは終わりだ。殺されるやもしれぬ。――なれど、猿の方もうらに弱みを握られておる。うかうかとはしゃべれまい）

勝家はそれ以外にも皆に明かしていないことがあった。

（あの書状……）

夕餉のまえに部屋の戸の隙間から差し込まれたのは、信長の花押が書かれた手紙だった。そこには、

夕餉の席で、森蘭丸に南蛮の酒を強いよ

おぬしの酒器で飲ませるのだぞ

この書状は読んだら焼き捨て、黙っておれ

信長

という意味のことが書かれていた。勝家は言われたとおりにした。

(そうしたらあの始末だ……。御屋形さまはうらに蘭丸を殺させた。だが……なにゆえうらは死ななかったのか……)

いくら考えてもわからないものはわからない。勝家はおのれの部屋の引き戸を開け、なかに入った。

(む……?)

だれかがこちらに背を向けて、部屋の中央に座っている。

「だれだ……！」

勝家が問いかけたが、相手は無言のまま下を向いている。ずかずかと大股に近づいていくと、

「戻ってきたか」

野太い声を出して振り向いた。勝家は心臓が止まりそうになった。その人物の顔かた

ちは彼に瓜二つだったからだ。

「う、うぬはなにものだ……！」

「うらか」

男はのっそりと立ち上がると、

「うらは……柴田勝家よ」

「な、なにを申す。柴田勝家はうらだ」

勝家は震えながら、胸を張った。その男はにやりと笑い、

「うらはおぬしの『影』だ」

そのとき勝家は、さっき広間で高山右近や玉が話していた「影の病」や「ダブル」のことを思い出した。よく見ると、相手は顔立ちだけでなく、身に着けているものも勝家とまったく同じである。

（「影」を見たものは死ぬ……）

玉はたしかそう言っていた。

「うらは……死ぬのか……」

「そうだ。おぬしは死ぬ。今日からはうらが柴田勝家だ」

勝家はおのれの太刀を取ろうとして手を伸ばしたが、相手の方が素早かった。勝家そ

っくりの男は、鬼が持っているような金棒を勝家の頭頂目掛けて振り下ろした。

ぐしゃっ。

◇

臓物を吐き出すような絶叫が、風の音を突き抜けて響いた。夢を破られた羽柴秀吉は上体を起こした。幼いころからの放浪生活、それに続く侍としての生活は、秀吉を眠りの浅い体質にしていた。もっとも戦国武将のほとんどは夜ざとい。どんなに疲れていても、泥酔していても、深く眠り込んでしまうようなものは生き残れない。

秀吉は部屋を出ると、廊下を早足で進んだ。「金の御幣の間」のまえに千宗易が立っているのが見えた。

「修理さま、修理さま……なにかございましたか！」

宗易は戸越しに部屋のなかに向かって声を掛けている。秀吉が、

「どうかしたかやあ？」

「廊下を巡検しておりましたところ、修理さまの部屋から叫び声のようなものが聞こえましたので……」

「おれも聞いた。おそらく寝ぼけただけやろうが……」

「それならばよいのですが……」

「このままでは埒が明かんがや。なかに入ろまい」

「はい……」

宗易が引き戸を開けると、部屋に溜まっていたらしい生臭い匂いが廊下にまで漂ってきた。血の匂いである。まず宗易が踏ん込み、秀吉がそれに続いた。布団のうえに勝家があぐらを搔いたような姿勢で座っており、その頭蓋骨が頭頂から眉間のあたりまで潰され、人相が完全に変わっていた。宗易はあまりの凄惨さに吐き気を催した様子である。血糊のついた金棒がかたわらに放り出してある。燭台の明かりは点されていた。宗易が、

「とてつもない膂力の持ち主の仕業でしょうな」

「そのようだなも。頭蓋を楽々と叩き割っとるがや。人間技じゃにゃあ。まるで……」

「まるで……？」

「鬼の仕業のような……」

そのとき、

「なにかありましたかな」

廊下から声がして、家康が顔をのぞかせた。

「水を飲み過ぎたのか、何度も厠に行きとうなり、今、厠から出たところでござる」

「この部屋から明かりが漏れ、筑前殿の声が聞こえてまいった。またしても修理殿と筑前殿が諍っておいでかと気になりましてな……」

秀吉は声を落として、

「三河殿……権六めとはもう諍いはできませんわ」

「なにゆえに」

「見てちょう」

秀吉は一歩後ろに下がり、勝家の死骸を指差した。家康は青ざめ、手ぬぐいで口もとを押さえた。

「なんということだ……。なんびとの仕業でござる」

「わからん。悲鳴が聞こえたのでおれが廊下に出たら、宗易がこの部屋のまえに立っとったんだわ。ふたりでなかに入ってみたら……このありさまだわ」

「では、やったものの姿などは……」

「見とらん」

宗易もかぶりを振った。そこへ、やや遅れて高山右近と玉も現れた。

「広間におりますと悲鳴のようなものが聞こえ申したが……」

そう言いながら部屋に入った右近はひと目で状況を悟ったらしく、玉を後ろ手にかばうようにして、

「見ぬ方がよい」

それゆえ玉は廊下にとどまった。右近は無残な死体に向かって両手を合わせ、耶蘇教の念仏のようなものを唱えたあと、

「やはり、か……」

とつぶやいた。秀吉が聞きとがめ、

「やはり、とはどういう意味かや？」

右近はしばらく考え込んだあと、

「じつは……下僕（やつがれ）、先刻、部屋から広間に向かっていたところ、下僕（やつがれ）のまえを修理殿が歩いておられたので、声をお掛けいたしたのでござるが、聞こえなかった様子で廊下に沿ってそのまま行ってしまわれた。そのあとすぐに広間に入ると、なんとそこに修理殿が座っておられ、玉殿と話し込んでおられたのでござる」

秀吉は首をひねり、

「おみゃあの部屋は広間のすぐまえだがや。そこから廊下沿いに歩み去ったんならば、

広間へは行けぬはずだら」

「さようでござる。しかも、玉殿は長いあいだ修理殿と話しておられた由……」

「妙な話だなも」

右近は「影の病」と「ダブル」について皆に説明したあと、

「離魂病とも申すそうで、もうひとりの自分に会うたものは間もなく死ぬ、というのはわが国でも西洋でも等しく言われることだそうです。魂をとどめておく力が弱くなると、魂が勝手に身体から離れてしまうことがあると聞きます」

「で、権六はなんと？」

「小児を脅す妄言の類だと笑い飛ばしておいでてござった」

「やろうな……。おそらくはおみゃあの見間違いやろ」

「それがしもそう思うたのですが、この館に修理殿と背格好が同じようなものはいないそうです。料理人や下男、下女にもいない、とか……」

「それはおかしいだに。——三河殿、顔色が悪いがいかがなされた。たしかにむごたらしい死にざまやが、千軍万馬の古強者のおみゃあさまならば、もっとひどい死骸を目にしたこともあろうて」

家康は声を震わせながら、

「じつは……それがし、さきほど厠に向かう折、見たのでござる」

「なにを……？」

「修理殿がこの部屋に入られるのを」

「それで……？」

「そのすぐあとに、廊下をこちらに向かって歩いてくる修理殿と会い、話もいたしました」

「権六に変わった様子はなかったかや？」

「いささかも。広間で玉殿とよもやま話をしていた、とおっしゃっておいでででござったが……」

「あっ……」

高山右近が家康の言葉をさえぎるように声を挙げた。

「右近殿、どうなされた」

「あのわらべ歌の文句でござる。たしか、二番は赤鬼殿とかなんとか……」

千宗易が、うろ覚えの右近に代わって、わらべ歌を歌った。

二番は赤鬼殿

荒けき声で脅しはするが
桃太郎たちには勝てやせぬ
おのが金棒で殺されまする……

秀吉がため息をつき、

「金棒で殺されまするか。まるで歌のとおりだなも」

家康は顔をこわばらせて、

「蘭丸殿のことと考え合わせると、なにものかが、われらをその歌の文句のままに殺していこうとしておるのは、これで確かになった」

右近が、

「だとしても……いったいだれがなんのために……」

秀吉が、

「わからんが……天下の鬼柴田を手に掛けたんだで、よほどの相手だに。おれたちも危ういのう」

家康は、

「三人寄れば文殊の知恵、と申す。広間に行って、今後のことを話し合おうではないか」

その提案に皆はうなずいた。

広間に集まったのは、秀吉、家康、右近、宗易、玉の五人だった。

「弥助がおらんがや。どこへ行ったかや？」

秀吉がたずねたが、宗易も玉も弥助の居所を知らなかった。部屋にもいないらしい。すでに深夜の丑三つ時を越えている。しばらくすると、渡り廊下を歩くみしみしという音が聞こえてきて、弥助が現れた。宗易が、

「どこに行っていた」

弥助はまさかこんな時間に皆がテエブルについているとは思っていなかったらしく、

「どこでもございません」

「どこでもない、ということはおまへんやろ」

「眠れなかったので庭を散歩しておりました。塀から外には出ておりませぬ。いけませんでしたか？」

「夜中に勝手に出歩いたらあかん」

弥助は皆の顔色が尋常でないことに気づいたらしく、

「なにかございましたか？」

「修理殿が……殺されましたのや」

「えっ……」

宗易が、簡単に勝家の死にざまについて弥助に説明した。弥助はがっくりと頭を垂れた。

こうして会合がはじまった。

「蘭丸殿と修理殿が殺された。われらはおのれの身を守らねばならぬ。はたしてふたりはだれに殺されたのか……」

家康がそう口火を切ると、秀吉が天井を仰ぎ、

「御屋形さまだがね。御屋形さまはおれたちをひとりずつ殺すつもりだがや」

家康が、

「わしらはまだ右府公とは対面しておらぬ。右府公がまことにご存命であるという証拠はないのだ。接待する側の宗易たちも右府公とは会うておらぬのだからな」

千宗易はかぶりを振り、

「せやけど、私どもは全員、上さまからの書状をもろとります。その筆跡、花押は上さまの手になるものと思います」

秀吉が、

「花押は、いくら真似しようとしても真似しきれぬもんだがや……」

家康が憤然として、

「右府公のお考えが、わしらを殺すことにあるならば、ここでこうしておる場合ではない。わしは島を出る」

秀吉が、

「船頭もおらんのに、どうやって？」

家康はむっつりと黙り込んだ。ここにいるものは皆、馬の扱いには慣れていても櫂(かい)も握ったことはないのだ。小舟で海に乗り出したら、すぐに転覆することは間違いない。

秀吉が、

「御屋形さまはどこかに隠れておれたちをこっそりのぞいとるのかのう」

右近が、

「御屋形さまの命を受けた刺客が潜んでいるのかもしれませぬ」

宗易が、

「確かめまひょか」

「どうやって？」

「手分けして部屋を調べますのや。だれぞが隠れてたらすぐにわかります」

六人は早速おのれの部屋を調べることにした。部屋の作りはどれも同じようなもので、押し入れなどの収納はなく、ひとが隠れることはできぬ。外に面した壁には小窓があるが、狭いのでたとえこどもでもそこから出入りすることはできない。

残るは台所、厠、物置である。それらは六名全員で調べることにした。

厠にはだれもいなかった。物置は戸の際まで米、酒、炭俵、蠟燭、油などが積まれており、だれかが隠れるのは不可能だとひと目でわかった。しかし、念のため、それらを一旦外に出して、なかに空間がないかどうかを確認した。台所に入ったとき、秀吉が言った。

「なんや……ここに出入口があるがね」

味噌樽の裏に小さな扉があるのを秀吉は目ざとく見つけたのだ。

「これまでは一旦本殿に入って、回廊から渡り廊下を通ってこの客殿に来る、というのが唯一の道筋と思うておったが、ここからも出入りできるならば話は変わってくるがや。

刺客は外から入ってきて、またここから出ていったのかもしれんに」

宗易は、

「できんことはおまへんが、夜は無理だすのや」

そう言いながら戸を開放し、燭台を突き出した。秀吉はそこから外を覗いて、おお……と声を発した。そこは空中なのだ。家でいうと二階の屋根ぐらいの、かなりの高さである。

「これは、料理人や下男、下女たちが出入りするための勝手口でおます。朝の時刻になると敷地内の別館に住まわせとるそのものたちが縄梯子を上がってきますのや。ただ、いつでも出入りができるというわけやのうて、夜になったらこんな具合に巻き上げてしまいますさかい、ここからは出入りでけまへん」

右近が、

「あとは、蘭丸殿の部屋と修理殿の部屋でござるが……」

家康が、

「今となっては部屋の主はおらぬが……一応調べてみるか」

蘭丸の部屋はがらんとしていた。着物などを入れたつづらをじっと見ていた秀吉はいきなりそれをひっくり返した。色とりどりの衣装が床にぶちまけられたが、それらに混じって数通の書状が見つかった。そこには、今日訪れた客たちの名前とだいたいの到着時刻、接待の方法などが事細かく記されていた。末尾には例の花押が書かれていたが、秀吉にはそれが嘲笑う信長の顔のように見え、舌打ちをした。

つづいて六人は左隣にある勝家の部屋に向かった。秀吉が、

「権六が死んだときに皆で確かめたんだがや。なかにはだれも隠れとらなんだ」

万事に慎重な家康が、

「念のためでござる。今の書状のように、なにかが見つかるかもしれませぬ」

死体はそのまま放置されているのだから、いまだに部屋からは濃い異臭が漂ってくる。玉をのぞいた五人が入室した。

「お……！」

秀吉は叫んだ。勝家の死骸のうえに、書状が置かれている。頭部から流れ出ている血であちこちに赤い染みができている。もちろんさっきはなかった。秀吉は気味悪そうにそれを摘まみ上げた。こう書かれていた。

鬼権六こと柴田修理亮勝家は

日向守征伐の兵をわざと遅延させたる咎により

ここに成敗いたしたるもの也

信長

墨はまだ濡れ濡れとしている。秀吉はそれを読んでぶるっと震えた。家康が目ざとく、

「筑前殿、いかがいたした」

「い、いや……なんでもあらせん」

「思い当たる節でもござるのか」

「まさか……きっきき……」

「修理殿は、いくらなんでも北ノ庄城に長々ととどまりすぎておられる、とは思うておったが……光秀征伐に赴かぬ、というだれかとの密約でもござったのかのう」

そう言うと、ちら、と秀吉の顔を見た。秀吉は咳払いして手紙をくしゃっと丸め、

「そんなことよりも、この書状……いつ、だれがここに置いたのかやあ？」

宗易が、

「我々が部屋や台所なぞを点検するためにここを離れたほんのしばらくのあいだに、上さまか上さまの命を受けたるものが入り込んだんだすやろ。——蘭丸殿のときと同じだ

すな」

秀吉が、

「やはり御屋形さまはどこかにおいでなのか……」

そこまで言ったとき、ぽんと手を叩き、

「そう言えば、あとひと部屋、客室があるがや。あそこはだれの部屋かや」

「そ、それは……」

宗易はなにやらためらっているようだった。

「部屋の名もついとらんがや。もしや、あそこが御屋形さまの部屋かや……?」

「いえ……われらが書状にて指図されておるところでは、あれは『もうひとりのお客人』のお部屋でおます」

「思い出した。遅れてくる客がおるのだったがや。――もう明かしてちょうよ。それはいったいだれかや。おれたちの見知りの御仁かの?」

宗易は答えにくそうに、

「私どもは聞いてまへんのや」

「なに? 御屋形さまと会うとらんばかりか、もうひとりの客のことも知らんのかや?」

「はい……そういうお客人が来はる、ゆうことだけはお教えいただいとりましたけど、どなたか、ということまでは……」

秀吉は顔をしかめ、

「結局なにも知らぬ、では話にならんだに。おれたちは馬鹿ではにゃあぞ。わかっていることはなにもかも教えてちょう。ひとがふたり死んどるんだがね」

「ではおますけど、上さまの目が光っている以上、どこまでしゃべってどこまで隠すか……」

「たわけ！ わしらを虚仮(こけ)にするか！」

「申し訳ございませぬ……」

秀吉は舌打ちをして、

「つまりは無人のはずだなも。——なかを見るでよ」

「それはまずうございまっせ。上さまからのお言いつけではどなたさまもあの部屋には立ち入るな、と……」

「ちょっとのぞくだけだに。だれもおらなんだらそれでえがや」

しきりにとめる宗易を振り切って秀吉はその部屋に向かった。ほかのものもぞろぞろと従った。宗易もしまいには好奇心が勝ったらしく、しんがりに続いた。秀吉は少しためらった様子だったが、思い切って戸を開けた。

「む……空だわ」

家康たちもなかをのぞき込んだが、だれもおらぬ。秀吉はため息をつき、

「御屋形さまはおろか、刺客の姿もないがや」

一同はふたたび広間に戻り、テエブルについた。家康は疲れた様子で、

「やれやれ、でござるのう。どうやら刺客は外に逃げたらしい」

秀吉が、

「さようか？　右近殿と玉殿は広間におられた、と言うとられた」

うなずく右近に秀吉は、

「権六を殺したものは広間を通らぬと外へは出られぬはず」

家康が大きくうなずいて、

「なるほど、筑前殿が言いたいのは、その刺客はまだこの客殿からは出ておらぬ、と…

…」

「まあ、そういうことだに。権六の悲鳴が聞こえたとき、宗易、おみゃあはすぐに駆け
付けたのう」

「はい……ちょうど廊下を巡検しておりましたので」

「おれは二番目やった。部屋のなかにはだれもおらんかった。修理の死骸のほかにはな。おれもおまえも、部屋でも廊下でも怪しいものの姿は見かけんかった」

宗易が、

「なにをおっしゃりたいのだす？」

「今調べたるとおり、この館にはおれたち六名しかいとらん。ほんで刺客はこの客殿から出とらん。そのなかで権六は殺され、新たな書状が死体のうえに置かれた。ということは……」

「ということは……？」

「おれたちのうちのだれかが殺したんだがや」

一同は寂として声もなかった。しばらくして家康が、

「わしらのなかに刺客がおる、というのか」

「そう考えるしかあれせん」

「書状を死体のうえに置いたのもこのなかのひとり、ということか」

「そうだがや」

「それはおかしい。わしらは全員で台所や物置、蘭丸殿の部屋などを検分したばかりではござらぬか。修理殿の部屋に入ったものはおられるまい」

「それぞれがおのれの部屋を検めていたとき、こっそり権六の部屋に入ることはできるがや。それに、六人で行動していたときも、常に全員がそこにいると見張りおうていたわけじゃにゃあ。そっと列から離れることもできたはずだがや」

右近が、

「下僕は、例の悲鳴が聞こえたとき、広間におりました。玉殿がその証人でござる。それゆえ刺客ではないことは明らかでござろう」

家康も、

「わ、わしは厠におったぞ。小便をしておったものに殺せるはずがなかろう」

千宗易も、

「私は真っ先に修理殿の部屋に駆けつけましたで。筑前殿が証人たすがな」

しかし、秀吉はかぶりを振り、

「信用できん。右近殿と玉殿は口裏を合わせとるかもしれんがや。三河殿が厠にいたところを見たものはだれもおらぬし、おれが部屋に着くまえに宗易が殺しとって、いかにもおのれが権六の死体を最初に見つけたようにふるまってたのかもしれんに」

皆は口々に反論したが、秀吉の言うことに一理あるのは認めざるをえなかった。六人は疑心暗鬼にかられ、たがいを疑いはじめた。家康は、

「疑い合うていてもはじまらぬ。今は協力して生き残るべきときではないか」

秀吉は、

「信用できるのはおのれだけだがや。残りはすべて疑わしいわい」

家康がため息をつき、

「ちと思いついたことがある。わしには、だれがやったのかわかったように思う」

秀吉が、

「言いたいことはわかるがや。──弥助であろう」

弥助は秀吉をにらみ、

「私はなにもしていません」

「権六が死んだとき、おみゃあひとりだけが部屋に参らんと、あとから広間にやってきたがや?」

「さきほど申し上げたでしょう。私は庭に出ていたのです」

「ははは……そのような言い分、たれが信用するかや」

「まことです」

「証人はおるのかや」

「いえ……それは……」

皆の目が自分に集中するのを感じた弥助は、

「――わかりました。しかたがない。本当のことを申します」

「やはりおみゃあの仕業だったか！」

「ちがいます！　私は刺客ではない。私はこのなかで修理殿を殺せなかった唯一の人間なのです。なぜなら、私はこの館の外にいたからです」

皆は啞然とした。宗易が、

「館から出ていた、やと？　なんのために？」

そう詰め寄ると、弥助はふところから一枚の紙を出し、皆に示した。そこには「柴田修理の家臣たちが乗ってきた船が浜にある。それをただちに破却せよ」と書かれていた。

家康が、

「またぞろ右府公の書状か……」

「はい。夜中の見回りを宗易殿に引き継ぎ、そろそろ寝ようと明かりを消そうとしておりますと、廊下に面した引き戸を叩く音がしました。そして、引き戸の下からこの書状が差し込まれたのです。私は中身を読んだあと引き戸を開けましたが、廊下にはだれもいませんでした。やむなく私はひそかに館を抜け出して浜に行き、斧で船を叩き壊しました。戻ってくると、この始末で……」

秀吉は腕組みをして、

「嘘やなかろうな」

「この書状が動かぬ証拠。また、浜に行けば壊れた船がございます」

秀吉はため息をつき、

「なんちゅうことをしてくれた。御屋形さまはどうしてもおれたちをこの島から出したなあみたいだがや」

「申し訳ございませぬ」

秀吉は家康に、

「三河殿、どうやら弥助は犯人ではないようだなも」

家康はにたりと笑い、

「いや……わしが犯人だと申しておるのは弥助ではない」

「なんと……！」

家康はにやりとして、

「わしの考えでは……手を下したのはこのものだ」

そう言いながら、あるひとりを指差した。それは、玉だった。指差された当人をはじめ、皆はあっと驚いた。高山右近が、

「三河殿、それは無理であろう。女の力で鬼柴田の頭蓋を叩き割るなどとうていできますまい。それに、玉殿はお優しいご気性にて、とてもそのようなむごたらしい真似をなさるとはおもえぬ」

「やけに肩を持たれるのう。だが、あの金棒を使えば、その自重だけで頭は砕けよう。蘭丸の死体をひとりで見にまいり、御屋形さまからの書状を見つけた……というのもおのれが仕組んだことかもしれぬ。また、この部屋に入らず、廊下で待っているあいだにこっそりと立ち回ることもできたはず。——目的は、父光秀の仇を討つ。わしを筆頭にこの島に集められたるものは皆、光秀の死に責のあるものばかりだ。女人の細腕でなんとか親の遺恨を晴らそうというのであろう」

　玉はあまりの言われように震えている。秀吉や宗易も彼女をじっと見つめている。しばらくして右近が、

「三河殿、やはりそれは間違うておる。この部屋に入らなかったものがどうやって御屋形さまからの書状を修理殿の死体に置けるのです」

　すると、家康は大口を開けてからからと笑い出した。秀吉が、

「なにがおかしいかや」

「はっはっはっ……わしは最初から玉殿がやった、などとは思うておらぬ」

「今、そう言うたばかりだがね」

「いくらなんでも玉殿の力では、あの金棒、振り上げることはおろか抱え持つこともできまい。わしが言いたかったのは、ここにいるだれもがこじつければ怪しく思えてくる、ということよ。たとえそれが女人であってもな」

秀吉は肩をすくめ、

「おきゃあせ。つまらぬことをしゃあすなも。玉殿の気持ちを考えてみられい」

「つまらぬこと？　今わしらがなすべきは気を落ち着けて、正しいことは正しい、間違いは間違いと選別することだ。たとえば、いまだにこの六人以外の犯人が外から入り込んだ、という説も捨てきれぬ。まずはそれをはっきりさせようではないか」

「どういうことかや？」

「蘭丸の飲んだ酒に毒が入れられていたのは料理人が怪しく思う。こそこそと書状を置いてまわったりしているのは下男や下女が怪しい」

「縄梯子がなければ出入りできまいに」

「まことにさようかな？　たとえば、長い竹を立て掛けてそれを登ってくる、とか、クナイや鉤縄を使う、とかすれば不可能ではない」

「まさか……忍びのものではあるまいし……」

「少しでも可能性があればそれを潰してしまうべきでござる」

家康は千宗易に向き直り、

「今から奉公人たち六名をここに呼んでもらいたい。問いただしたいことがある」

「今から？　夜中だすけど……」

「叩き起こして連れてまいれ」

宗易はしぶしぶ広間を出ていった。ほどなく彼は、六名を連れて戻ってきた。彼らは、猛将たちをまえに、なにを問われるのかとびくびくしながら並んでいる。家康が、

「ご苦労。夜中に呼び立ててすまなんだ。端から順に、名前を申せ」

ふたりの料理人と四名の下働きのものたちが名を名乗った。家康はいちいちうなずき、

「かかる孤島にて接待をするのは、なかなか難しかろう。食材も、腐らぬものを吟味して支度せねばならぬ。御屋形さまは癇の強いお方ゆえ、下で働くものもつねに気配りをしておらねばなるまい。苦労のほどが察せられる。おまえたちのおかげでわれらは美味きものを食え、寝心地よく眠れるのだ」

六名はぼそぼそと礼の言葉を口にした。

「ところで、この客殿でふたりほど死人が出た。そのことについて、おまえたちはなにか知らぬか」

皆は一斉にかぶりを振った。

「そうか……知らぬか。おまえたちのうちに酒に毒を盛ったり、妙な手紙を部屋に届けたりしておるものがおるはずなのだが……」

彼らは顔を見合わせたあと、料理人のひとりが代表して、

「われらは宗易さまのお指図どおりに動いておるだけにて、そのようなことをしたものはおりませぬ」

「律儀なことだな」

家康はそう言うと、いきなり刀を抜いて、その男を斬り殺した。秀吉や右近が驚いて、

「お、おい……」

と制止しようとする間もなく、家康は残りの男女をつぎつぎと撫で斬りにしていった。

六人全員がみるみるうちに命のない物体と化して床に転がった。血糊のついた刀を懐紙で拭っている家康に右近が、

「なにをなさる。皆殺しにするとはあまりに無慈悲なお振る舞い……」

「こやつらのなかに手を下したものがおるやもしれぬ。危険の芽を摘んだのだ」

「それにしても、確かめもせずに全員を殺すとは……」

「こうしておいた方が間違いない。それに、身分の低いものたちではないか」

「デウスのまえでは身分の上下はございませぬ！」

千宗易が、

「明日からは食事をお出しすることがでけまへんで。困ったことをなされますな」

「飯など一日二日食わずとも大事ない。——これで、少なくともひとつのことがはっきりするはずだ。このあとなにも起きなかったら、こやつらのなかに犯人がいたことになる。だが、なにかが起きたら……犯人はわしら六名のなかにおるわけだ」

「殺さんでも、縛り上げるだけでよかったのでは……？」

「それだと、だれかがずっと見張っておらねばなるまい。殺してしもうた方が楽ではないか」

秀吉が皮肉っぽい口調で、

「三河殿は、つぎはおれたちも撫で斬りにしようとなさるやもしれんに。気を付けまい」

家康が、

「わしはなんとしても生き残らねばならぬのだ。それは、筑前殿も同じであろう。信玄公のことを考えられよ。戦国武将は、いくら勇猛よ天晴れ剛の者よと言われようと死んでしもうてはただの屍。どんな手を使うてもわしは生きて、この島から出る」

秀吉は口をつぐんだ。家康は、

「わしは、疑わしきものを十二名から六名に減らしてやったのだ。感謝してもらいたいわい」

右近が首をひねり、

「まことに六名でございましょうか」

家康が、

「ちがうかのう」

「御屋形さまがおられます」

「わしは、右府公はわしら六名のなかにおるのでは、と思うておる」

「どういうことです」

「わしらのなかのだれかが右府公の名を騙り、わしらを島に呼び寄せ、ひとりずつ殺しているのではないか、ということだ。つまり、右府公はやはり本能寺で亡くなっておいでなのだ」

「なんのためにそのようなことを……？」

「無論、天下を取るためだ。真っ向から戦をしたらどちらが勝つかは時の運。だが、右府公の名を使うてこの島に単身で来させられれば、たやすく寝首を掻くことができる。

鬼柴田のごとき豪傑も殺されてしもうたではないか」

秀吉が、

「しかし、おれの見るかぎり、書状の筆跡と花押はたしかに御屋形さまの手やと思うが……」

「必死に稽古すれば似せられぬこともあるまい」

「小姓頭だったお蘭までだませるとは思われせんが」

秀吉がそう言ったとき、

「わははははは……三河殿は……余が本能寺にて……死んだと……申されるのか！」

うわんうわんと反響するような声がどこからか聞こえてきた。全員がぎょっとして声のした方向を見た。それはどうやらカアテンの向こうから聞こえたようだった。

「余は……光秀ごときの手にかかって……果てたりはせぬ。ここでこうして……汝らの所業を……見守っておる」

秀吉が真っ先に立ち上がり、

「お、御屋形さま、猿めにござります！　お招きかたじけなく思うております。ぜひともご無事なるお姿を拝見つかまつり、安堵いたしたく思いまするゆえ、なにとぞわれらのまえにご尊顔を現してちょうせ！」

「猿か……久しいのう。余は……本能寺の変の前後……さまざまなことを見聞したるゆえ……それまで知らなんだおまえたちの腹のうちも……今はようわかっておる。この島にて……余からの饗応を……しばし楽しむがよい。これで……余が死んだ……などという世迷言に……惑わされることはなかろう。余はいつも……おまえたちの様子を見ておる……おまえたちの言葉を聞いておる……それで十分であろうぞ」

秀吉が、

「御屋形さま、それがしは忠義一番の家臣にて、御屋形さまに二心などないことをお誓い申しあげ奉りまする！」

家康も狼狽して、

「右府公、ただいまそれがしが申したるはただの戯言にて、右府公のご存命をこの家康、心から祝着に存じおりまする！」

右近も千宗易も口々に信長への忠誠を言い立てた。

「はっはっは……さようか。それが……うわべだけの言葉でないこと……願うておるぞ」

「御屋形さま！　なにとぞお出ましを……！」

秀吉が叫ぶように言ったが、信長の返事はなかった。思い切って秀吉はカアテンをくぐり、廊下へと出た。家康たちも秀吉に続いた。しかし、そこにはだれもいなかった。皆は手分けして周辺を探したが、信長の姿は見当たらなかった。秀吉が、

「どこへ消えられたのか……。まるで煙だのう」

台所の勝手口も確認したが、縄梯子は巻き上げられたままだった。家康が、

「ま、まさか、右府公は幽霊なのではあるまいな。われらへの恨みを晴らすためにあの世から舞い戻ってこられたのでは……」

「ない、とは言い切れんがや」

皆は席に戻った。家康が秀吉に、

「どう思われる」

「なにがだに？」

「今の御屋形さまのお声でござる。なにやら洞窟のなかで呼ばわっておるような、わんわんとした声であったが……まこと御屋形さまのものだったと思われるか」

「三河殿はどう思わっせる」

「わしは……よう似ておるとは思うた」

「おれもだがや。朝な夕なに耳にしていた御屋形さまの声と似とりはしたわ。けど、なんか聞き取りにくうてのう」

右近が、

「下僕（やつがれ）はまさに御屋形さまのお声と聞きました」

秀吉は腕組みをして、

「うむ。ただ……なにかおかしいんだわ」

「なにか、とは？」

「なにゆえ御屋形さまは姿を見せん？　おれたちにしくじりがあるならば、堂々と現れて、叱りつければいいんだわ。『死』に値するようなしくじりであっても、おん自ら成敗なされればよい。それを……かかるこそこそした真似は御屋形さまにふさわしゅうないがや。たとえ火傷を負うておられても、そんなことを気になさる御屋形さまではないはずや」

「下僕（やつがれ）もそう思います。しかし、その理由はわかりませぬ」

「御屋形さまはなにをお考えなのか……おれはその謎を解こうと思う」

秀吉は広間に掲げられた絵に目をやり、

「たしかわらべ歌の三番は、案山子やったがや」

千宗易がうなずき、

「歌いまひょか」

三番は案山子殿
デウスの作りし人形なれど
山田のなかの十字架のうえで
槍に突かれて殺されまする

秀吉は、

「このなかでデウスに関わりがあるのはジュスト殿だがね」

「ほほう……では、つぎに殺されるのは下僕でございますかな」

右近は悲しげに笑った。

「いや、そうかもしれぬ。――ジュスト殿は、ひとから『案山子』とか『人形』などと呼ばれることがあるかや？」

「さ、さあ……聞いたことはございませぬなあ」

家康が、

「操り人形とか傀儡とかいう言葉もあるが……」

「下僕には難しいことはわかりかねますが、十字架のうえで槍に突かれて殺されるのならば、まさしく耶蘇の死にざまに似たり、下僕(やつがれ)としては本望でございます」

右近は引きつった顔で言った。秀吉が、

「ジュスト殿は、御屋形さまになんぞ隠しておられることがないかや？」

「は、ははは……まさか、そのような。下僕(やつがれ)はデウスに対して同様、御屋形さまに対してもなにひとつ隠しておることはございませぬ」

「おれはよう知らんが、耶蘇教は十戒とやらで『嘘をついてはいかん』と定めとると聞いとるが。仏教では、嘘も方便と申すが、耶蘇教では嘘は許されぬのと違うたかや」

「も、もちろん嘘はいけませぬ」

そう言うと右近は立ち上がり、

「まだ夜明けまでには少し間がある。――寝ます」

千宗易が、

「ひと殺しがうろついとるのやさかい、部屋に戻るより、この広間で皆で雑魚寝した方がよろしいのとちがいますやろか」

「いえ……下僕(やつがれ)はひとりでないと寝付かれぬ性質(たち)でございまして……」

右近はそそくさと立ち去った。

「ふむ……」

その後ろ姿を見ながら秀吉は目を細めた。

右近は早足で自分の部屋に帰り、戸を閉めると、室内にだれも隠れていないことを確かめてから椅子に座った。夜明けはすでに近く、小窓から見える水平線にはきらきらと白い朝の光輝が跳ねていた。

（おそらく御屋形さまは下僕の意図に気づいたのだ。そうだ……そうに違いない。だからこんな孤島に呼び寄せたのだ……）

信長は、身内の武将たちのうち、口とは裏腹に二心を抱くものやなにかを企んでいるものをあぶりだそうとしているのだ、と右近は思った。そして、右近もそのひとりなのだ。だからこそこの島に呼ばれたのだ……。

（御屋形さまは少なくとも耶蘇教を厭うてはおられぬ。だが、もし真実を知ったら、御屋形さまが下僕を許すとは思えぬ……）

しかし、と右近は思った。

（もし、下僕が耶蘇よろしく十字架に掛けられて死ぬるとしたら、それは光栄なことかもしれぬ。ただ……下僕（やつがれ）には今少し時間が必要だ。今死ぬわけにはいかぬ……）

右近は愛用のバッグをそっと撫でた。

（また、これを使うことになろうとは……）

そのとき、背後でガタリという音がした。右近はびくっとして戸締まりを確かめた。

耳を澄ます。廊下からはなんの物音も聞こえない。

（気のせいであったか……）

右近はクルスを取り出し、祈りはじめた。

「天にござるデウス大日、ピルゼン・サンタマリア……」

またしても、ガタリという音が聞こえた。廊下からではない。もっとすぐ近くだ。

（だれかが……部屋のなかにいる……）

そんなはずはない。入るときに確認したのだ。

「だれかおるのか……」

小声で問いかける。返事はない。ふたたび祈禱に戻る。

「われらが他人を許すが如く、われらの罪を許したまえ……」

「ジュスト……」

太いが、輪郭のはっきりしない声がすぐ後ろから聞こえてきた。右近は震え上がった。

「お、お、御屋形さま……」

振り向こうとしたが、

「後ろを……向くでない。向いたら……貴様は死ぬことになる」

あわてて右近は顔を戻したが、ちら、と視界に入った人物は、顔に白い布を隙間なく巻き付け、頭巾をかぶっていた。

「やはり生きておわしましたか！」

「静かにせよ。——ジュスト、貴様は和田惟長に……首を半ばまで斬られたと申しておったが……まことのことを申せ」

「ま、まことでございます！」

「デウスのまえでも……そう言えるか」

右近は肩を落とした。背後から聞こえる声は続けた。

「人間が……首を半ばまで斬られて……生きていられるはずがない」

後ろから指が右近の首にまとわりついてきた。その指はナメクジが這うようにして右近の傷口を撫でた。

「は、はい……」

「ほかにもまだ……隠しておることがあろう」

「………」

「ジュスト……貴様は……光秀を裏切り……秀吉に与(くみ)した……と言われておるが……まことはそうではあるまい……貴様は……これであろう」

指は、右近のバッグを指し示した。右近は、その仕草の意味するところを悟った。

(これ以上は隠し通すことは無理だ……)

彼はなにもない壁に向かって頭を下げ、

「申し訳ございませぬ。これも皆、神の国を日本にもたらすため……」

そう言ったあとすべてを告白した。

「御屋形さま……なにとぞお許しを……」

「ならぬ。——デウスと余を……天秤に掛け……余に嘘を申した罰を受けよ」

「どのような罰でございましょう……」

「貴様は……十字架のうえで死ぬるのじゃ」

右近の意識は遠くなっていった。

◇

夜明けの最初の光線が遠くの山稜に投げられたが、月はまだ西の空に小さく張り付いている。羽柴秀吉は昼間の疲れでぐっすりと眠りこけていた。

「羽柴さま……筑前さま……」

だれかが部屋の戸を叩いている。秀吉が引き戸を開けると、そこには千宗易が座っていた。

「よう寝とったのに……なんだあ？」

「その……北の方に妙なものが見えますのや」

「妙なもの？」

秀吉は半身を起こした。

「私の部屋からはよう見えまへん。ほれ、この窓からやったら……」

宗易は秀吉の部屋の窓を指差した。欠伸をしながら立ち上がり、小窓に顔を押し付けるようにした秀吉は目を疑った。広い庭園のもっとも奥に位置する杉の巨木に、なにやら人間らしいものが引っかかっている。太い枝に沿って両手を左右に水平に伸ばしているので、十字架に磔になっているようにも見える。

「ありゃジュスト殿ではないか！」

遠いので顔まではよく見えないが、衣服から考えて高山右近だと思われた。今まさに上らんとする朝日の輝かしい閃きが、右近の顔面を一直線に照らした。その顔は発火したかのように白く、赤く、青く光り、天を見つめてなにかを言わんとしているようだ。

「歌のとおりになったがや……」

「ほかの方々を呼んできまっさ」

宗易は秀吉の部屋を出ていき、すぐに玉と家康を連れて戻ってきた。玉は両手で顔を覆い、泣き崩れた。家康は腕組みをして右近を見つめ、

「デウスの加護も効き目はなかったか……」

とため息をついた。

少し遅れて弥助が現れ、

「気になることがございます」

宗易が、

「なんや」

「今、部屋を出ようとしたとき、左隣の客室に札が掛かっておりました」

「え？　遅れてくるはずの客の部屋にかいな」

「『桔梗(ききょう)の間』と書かれておりましたが……」

宗易は首をひねった。桔梗を旗印にした武将に心当たりがなかったからだ。

「部屋のなかは見たんか？」

「はい。どなたもいらっしゃいませんでした」

宗易はさらに首をひねったが、今はそれどころではない。彼は皆に、

「ふうむ……」

「杉の木の近くまで行きまひょか」

宗易の提案によって五人は渡り廊下を渡って本殿に赴き、庭園に向かった。近づいてみると、まさしく巨木である。右近と思しき人物はそこにだらしなくぶら下がっている。仰ぐようにして下から見上げ、目を凝らすと、どうやら両手には釘が打ちつけられているようだ。

「広間に掲げられていた絵のとおりだがね」

秀吉はそう言った。家康が、

「あの腹に突き刺さったる槍を見られよ。なんとも……恐ろしいことだ」

右近の左右の脇腹には、それぞれ一本ずつ、太い槍が突き刺さっていた。茨で作られたらしい冠を頭に載せた右近は両眼を見開き、天を見つめていた。口の端や腹の傷口からは血が滴っている。家康が幹に近寄り、

「早（はよ）うおろしてやりたいが……とても登れそうにないのう」

杉の枝にはたくさんのカラスが止まり、ガアガアと喚いている。秀吉が、

「おれがなんぼう猿でもあそこには登れんがや。猿も木から落ちるでよう」

宗易が顔をしかめ、

「知己が無残に死んだというのに軽口を叩くのはいかがなもんだすやろか」

秀吉はあわてて、

「ははは……おれが言いたいのは、あそこまで登ってジュスト殿を下ろすより、あそこへジュスト殿を持ち上げる方がむずかしい、ゆうことだがや」

宗易が、

「なるほど……それはそのとおりだすな。どないしてあんな高いところまで登らせたのやろ。手に釘を打つのも槍で突き刺すのもむずかしいはず……」

秀吉は腕組みをして、

「御屋形さまには神通力があるんだわ。まるで天狗だがや。空を飛んで、あそこにジュストを引っかけたのかのう……」

皆は、深夜、天狗にさらわれたものが山中の杉の木に引っかけられていた、という言い伝えを思い出していた。

家康が、

「また、歌のとおりになった。あの歌に出てくる案山子というのは、ジュスト殿のことであろうかのう」

秀吉が、

「十字架のうえで槍に突かれて殺される……というのやからそうだら」

宗易が、

「ジュストさまは日頃、案山子などと呼ばれたことはない、と言うてはりましたが……」

家康が、

「両手を広げている姿は、山田の案山子に似ていないこともないが……死にざまは案山子の見立てというより、茨の冠をかぶせられ、十字架に掛けられ、手足に釘を打ちつけられ、槍で突かれて死んだ、という耶蘇の死に方の見立てのように思えるが……」

そう言ったとき、秀吉が、

「あれを見てちょう！　カラスが逃げたがや」

杉の木の枝にとまっていたカラスがなにかに驚いたかのように一斉に羽ばたき、どこかに飛んでいった。

家康が、

「カラスは本来なれば死肉を食らうはず。やはり、ジュスト殿は案山子の役を果たしておられるのかもしれぬ」
そう言ったとき、木の幹の周りをぐるっと見て回っていた秀吉が、
「おおっ、こりゃなんだに?」
大声をあげて一枚の紙を拾い上げた。ちら、と見た家康が、
「またか……」
と小さな声で言った。そこには、
ジュストこと高山右近は
余とこの国の臣民をたばかった咎により
ここに成敗いたしたるもの也
信長
と書かれていた。もちろん花押もある。皆は顔を見合わせた。宗易が、
「余とこの国の臣民をたばかる、とはどういうことだすやろか」

答えられるものはだれもいなかった。秀吉が、

「三番までは歌のとおりになったがや。つぎはどんな文句やったか教えてちょう」

宗易が、

四番は狐殿
人の獲物を横からかすめ
天罰受けたるはずなのに
今ひとたびも殺されまする

そう歌った。秀吉が、

「どういう意味やろ。このなかに狐というあだ名のものはおらんし、ひとの獲物をかすめて天罰を受けたものもおらんように思うが……」

宗易が、

「それに、今ひとたびも殺されるというのは、二度死ぬということだすやろか」

家康が蒼白な顔で、

「歌の解釈はどうでもよい。このままこの島にいたら右府公に殺される。わしは帰る

ぞ」

「せやさかい、船がおまへんのや。修理さまのご家来衆が乗ってきた船も弥助が壊してしもたし……」

弥助は頭を下げて、

「申し訳ありません」

「嘘をつけ！　船がないはずがない。貴様らや料理人たちが使う船がどこかに隠してあるだろう！」

「ほんまにおまへんのや。信じとくなはれ。帰れるのやったら私も帰りたい。ここに来たときはこんなえげつないことに巻き込まれるとは思うとりまへなんだ。今はただ、堺に戻って、心静かに茶を点てたい……それだけでおます」

家康は舌打ちをして、

「わしは客殿に戻る。おまえたちのうちの誰かが犯人……右府公の命を受けた刺客かもしれぬ」

秀吉が、

「おれは部屋で寝とったでよう、宗易に起こされるまでのことはなんにも知らんわ」

家康は宗易をちらりと見たあと、

「部屋にこもって刀をつかみ、じっとしておるのが一番だ」

秀吉が、

「もう夜が明けたがや。飯……は食えんのか。三河殿が料理人を殺してしもうたから……。明日、迎えの船が来るまでひもじい思いをせねばならんがね」

家康はなにかを言おうとしたが、そのまま無言で客殿に向かって歩き出した。秀吉は杉の木に磔になっている右近の死骸を見上げると、

「長え梯子があるわけでなし、まあ、しばらくはあのままでいてもらうしかないがね。案山子だで、たぶんカラスにも食われんだら。——行こまいか」

キッキッと笑って家康を追った。宗易、玉、弥助の三人は悲痛そうな顔つきで右近を見つめていたが、結局なにもせず、その場を去った。

◇

家康は皆よりやや早く、庭園から一旦本殿のまえまで行き、回廊から渡り廊下を通って客殿に入った。広間へと向かう途中で、だれかの声を耳にした。男の声である。

「だれも客を迎えに来ぬのか。失敬千万だのう!」

荒々しい語調である。家康ははっとした。

(もうひとりの客……)

とうとう到着したのだ。

(いったいだれであろう……)

信長が招きそうな人物をあれこれ想像する。もちろん「客」であるから、信長当人ではない。

(丹羽長秀か織田信孝か、滝沢一益か池田恒興か……まさか毛利輝元や長宗我部元親ではあるまいが……)

ひとりで対面するのは危険か、とも思ったが、好奇心を抑えられず、家康は広間に入った。長方形のテエブルの短い辺に置かれた椅子に、こちらに背を向けて座っている男がいる。金の鎖のついた太刀を杖のように床に立てている。

「どなたかな」

家康がおずおずと声を掛けると、その人物は首だけ回して彼を見た。その顔を見た瞬間、家康は息が止まりそうになった。

「ひ、日向殿……」

それは明智光秀だった。

「い、い、生きてござったか！」

光秀はにやりと笑い、

「いかにも惟任日向守光秀。――死んだと思われたか」

「ううう噂では山崎の合戦のあと、落ち武者狩りに遭い、命を落とされた、と……」

少し遅れて秀吉たち四人も広間に入ってきた。秀吉は、

「うひゃあっ！」

と声を挙げ、その場に尻もちを突いた。

「お、おのれ……いいい生きとったんきゃあ！」

「わしが土民ごときの手にかかるはずがなかろう」

宗易、玉、弥助も呆然としている。光秀はくっくっ……と笑い、

「どうした、わしが生きていたのがそれほどうれしいか」

「ううう……声は日向とよう似とるが、おれは信じんがや。おみゃあは小栗栖村で死んだはず……」

秀吉は尻をさすりながら起き上がると、光秀に近寄り、指でおずおずとその顔に触れた。そして、髪の毛を引っ張り、額や頬を撫でまわしたあと、

「ここりゃまことの日向だわ！　もしや、おみゃあがこの島でのなにもかもの黒幕

か！」

「なにをうろたえておる。黒幕もなにも……わしは右大臣に呼ばれてここに参った。船頭の真似事をしてたったひとりで小舟を漕いでみたが、幾度も転覆しそうになったわい。つまり……御身(おんみ)らと同じく、ただの客である。筑前や三河殿がおられようとは思うておったが、まさか玉がおるとはのう……」

宗易が玉に小声で言った。

「お父上に間違いおまへんか」

玉はうなずき、

「わが父を見間違うはずはございません！」

涙声でそう言うと、

「父上……生きておいでならどうしてそうと知らせてくださらなかったのです」

「すまぬな、玉。わしは右大臣を討ち、天下に令名を轟かせんとした。しかし、ここなる猿めに合戦で敗れ、その後待っていたのは逆賊という非難の声ばかりであった。頼りにしていた家臣たちも戦で死ぬか捕まって打ち首になり、残ったものどももちりぢりばらばらになった。ふたたび明智の武名を興すことは無理であろう。腹を切ろうとも思うたが、わしのために死んだものたちの冥福を祈るため、細々と生き延びることにした次第だ」

「そうでございましたか……」

「わしが、落ち武者狩りで殺された、と聞いたゆえ、細川殿もおまえを離縁せず、幽閉にとどめたのであろうが、わしが存命だと名乗ってでればどうなさるかわからぬ。それゆえおまえにも伝えなかったのだ」

秀吉が真っ赤な顔をして、

「おれはよう、山崎合戦のつぎの日におみゃあの胴体を検分したという三七さま（織田信孝）の報告を聞いたでよ。それに、各街道を蟻の這い出る隙もないほどに固めたし……どうやって逃げ出したんだに？」

光秀は苦々しげに、

「一敗地にまみれたわしが馬に乗って小栗栖村を通りかかったとき、土民が飛び出してきてわしの馬の尻を槍で刺したのだ。馬は棹立ちになり、手綱が切れてわしは遠くの藪のなかに放り出された。そして、気を失ったのだ」

家康が、

「むむ……長いあいだの気絶が功を奏したのだ。そういうときに下手に動くとかえって見つかるものよ」

「かもしれぬ。気が付いたときには、士民も家来たちもいなくなっていた。藪に半日ほど潜んでいると、わが首を狙うて近づいてきた士民がいたゆえ、わしはその者を殺して衣服を剝ぎ、わが甲冑をそやつに着せて、首を刎ねたうえで転がしておいた。三七殿は、その士民の胴体をわしと思うたのだろう。なにごともおのれの目で見るまでは信じぬことよ。ぬかったのう、猿」

秀吉は歯嚙みをしたが、

「まあ、ええ。おみゃあが生きていようといまいと、今の天下にはなんの差し響きもねえがや。――で、なんでここに来た」

「右大臣より書状を受け取ったのだ。わしは、京を抜け出したあと、あるところにかくまわれていた。その場所がどこかは明かせぬが、そこに書状が届いたのだ。文面といい、筆跡といい、花押といい……右大臣の真筆と思えた。わしは震えた。右大臣は本能寺で死んだはず。たしかにあの折、いくら探しても右大臣の死体は見つからなかった。本能寺のなかにいたわが家臣斎藤利三が、右大臣が奥の間に入るのを見た、と申したし、奥の間のあたりはまる焼けになったので安堵しておったのだが……右大臣が生きているとなるとすべてが変わってくる。わしは、書状を読み、招待を受けることにした。右大臣が今、なにを考え、なにをなされようとしておられるかを確かめるためにも、な」

秀吉が、

「ところがよう、おれたちもこの島に来て一日が経つが、御屋形さまのお姿を見かけぬがや。ときどき書状が届けられる。あとは幾度か声を聞いただけだでよう」

「猿よ、おまえと三河殿のほかにはだれが参っておるのだ」

「それがのう……権六とジュスト、それにお蘭が来ていたんやが、三人とも御屋形さまに殺されてしもうたがよ」

「なに？」

「なんでも、御屋形さまになにかをした咎によるらしい。その『なにか』は、ようわからん。――ところで、おみゃあのところに来た文にも、『最後に、よきことを教えてやろう。貴様は、余が知らぬと思うておるかもしれぬが、余は知っておるぞ』……と書いてあったかや？」

「書いてあった。なれど……わしは貴公らと違って、右大臣に対し奉り『謀反』というもっとも大きな罪を犯した身だ。右大臣がなにを知っておられようと、咎は十二分にあるわい」

「そりゃーそやが。けどよう、おみゃあもこの島に来たからには、御屋形さまに殺されんように気をつけた方がええぞね」

「くっくっく……わしは一度死んだようなものゆえ、右大臣など怖くはない。――わしが知りたいのは地獄へ送り込んだと思うておった右大臣が、わしをなんのために呼び出したか……その一点だけだ。おまえたちとここで面突き合わせていても仕方がないことに筑前はわしと同席したくはあるまい」

「それはおれが言う台詞や。おみゃあはおれに殺されてとうに死んどるはずだがや」

「うははは……この光秀、右大臣を弑したてまつったほどのもの。なにゆえ汝らがごときに引けをとろうぞ」

「なんだて？　では、山崎の合戦のていたらくはなんでかや？」

「あれは……ちいとばかり油断していただけだ。では、部屋でじっくり待たせていただくこととしよう」

光秀はそう言うと立ち上がり、広間を出ていこうとした。玉が、

「父上、私がご案内さしあげます」

「無用。わしの部屋はわかっておる」

光秀は笑いながらその場を去り、カアテンの向こう側に消えた。宗易が、

「そうか……『桔梗の間』か……」

桔梗は明智家の家紋である。

「うひょお……さすがのおれも心底度肝を抜かれたがや」

秀吉がその場にへたり込んだ。

「御屋形さまは生きておるわ、光秀は生きておるわ……なにを信じたらええのやらわからんようになってきた。まさか信玄公や謙信公、今川義元なんぞも生きておるのではないやろうな」

家康が、

「日向殿は謀反人だ。右府公が日向守殿のなにを知っておいでだというのであろう」

「わからあせんわ……」

秀吉は吐き捨てるように言ったあと、

「まさかと思うがよう、光秀が今この島に着いたというのは嘘で、じつは昨日のうちにおれたちより先に来ていて、御屋形さまのふりをして蘭丸や権六、ジュストらを殺しとる……ということはあるまいか」

宗易がかぶりを振り、

「私は数日まえからここにおりますけど、日向さまをお見受けしたことはおまへん。それに、たびたび来る書状の筆跡や花押のことを考え合わせると、それはないんやないかと……」

玉も、

「私がこの島に来たのは弥助さんについでふたり目でございますが、私も父を見たことは一度もございません」

秀吉は両手で顔を覆い、

「阿呆くさいにもほどがあるがや。御屋形さまが本能寺で光秀めに殺され、おれが山崎でその仇討ちをした……と今の今まで思うておったが、もうめちゃくちゃだなも。おれがやったことはなんだったのか……」

そう言って立ち上がると、

「料理はできずとも酒は残っとるやろ。それでも飲んで憂さを晴らそまいか」

家康が、

「待て、筑前殿……光秀をあのままにしておいてよかろうか」

「というと？」

「わしらは光秀と敵対しておる。ことに筑前殿はあやつに深く恨まれておるはず。光秀は、わしらの寝首を搔かんともかぎらぬ。右府公も恐ろしいが、あやつも物騒ではないか。先手を打ってふたりで部屋に踏ん込み……」

「殺るか！　おれもよう、考えてみたら、あの大戦（おおいくさ）に勝ったのに、敵の大将が目のまえに生きとるならば、とっつかまえて首を刎ねるのが元来だわ」

「命まで奪わずとも高手小手(たかてこて)に縛り上げ、ジュスト殿の隣にでもぶら下げておけばよい」

そのとき、黙って聞いていた玉が悲痛な声で、

「お待ちくださ い。謀反人でもわが父でございます。父にそのようなことをなさるならば、娘として黙ってはおれませぬ」

そう言うと、胸もとに手をやった。懐剣が収められているのだろう。玉と秀吉、家康のにらみ合いが続いた。やがて、家康はため息を漏らし、

「やむをえぬ。いずれは決着をつけねばならぬにしても、この島におるあいだは戦はやめだ。そのかわり、日向殿の動き、よう見張っておることといたそう。――宗易と弥助は、かわるがわる『桔梗の間』のまえに立ち、出てきたら、どこに行くにもぴったりと後ろに張り付き、なにかしでかそうとしたら止めるのだ。わかったな」

宗易と弥助はうなずいた。家康はじろりと玉を見ると、

「ああ、怖や怖や、女子は怖や」

玉はうなだれた。

◇

秀吉と家康はそれぞれの部屋に引き取った。もうだれも信じられない、という思いが皆の胸を去来していた。宗易は光秀の部屋のまえに立ったまま、閉まった戸をじっと見つめている。

(日向守さまが生きておいでとは……)

夢にも思わぬことであった。

(上さまが日向さまを呼びつけるやなんて……上さまはどないして日向さまが生きておられることを知ったのやろか……)

わからぬことが多すぎる。島に来て以来宗易は、他人の悪夢のなかに迷い込んでしまったかのような不安感を抱えながら過ごしていた。蘭丸、勝家、右近が殺された。信長は相変わらず姿を見せないが、どこかにいることは間違いない。しかし、秀吉たちがすべて本当のことを話しているかどうかもわからない。饗応役仲間である玉や弥助も信用はできぬ。裏で信長と示し合わせているかもしれないのだ。

(このうえまたなにが起こることやら……)

胃がきりきりと痛んだ。宗易は部屋のなかからなにか聞こえてはこぬか、と耳を戸に近づけていたが、その戸が突然開いた。

「うへっ」

宗易は後ろに飛びのいた。光秀はにやりと笑うと、

「ずっと張り付いておったのか。ご苦労なことだ」

「いずれへ参られます？」

「厠だ。ついてくるつもりか」

「へえ……お供させていただきまっさ」

「勝手にしろ」

宗易を従えた光秀は、廊下の端にある厠へと向かった。

「お外でお待ちしとります」

「うむ」

光秀はなかに入った。宗易がその場に佇んでいると、家康がやってきた。厠に入ろうとしたので、

「今、日向守さまが使うておいでどおます」

「なんだ、光秀に先を越されたか」

家康は舌打ちをしたあと、ぞっとするような笑みを浮かべて宗易に、

「どうだ、宗易。今なら光秀を討ち取れる。天下の大罪人だ。殺すにためらうことはない。しかも、おまえは右府殿の茶堂だった身だ。光秀への恨みも少なからずあろう。用を足しておるとき、人間は無防備になる。わしと組んで……ぐさり、とやってしまわぬか」

宗易は困った顔で、

「三河さまが日向さまを討ち取ったことになると、筑前さまよりも優位に立つことになりますなあ。けど、玉殿との約束を違えることになりますし、私は遠慮させてもらいますわ」

「ちっ……臆病者め」

「申し訳おまへん」

家康が部屋に戻りかけると、厠から光秀がぬうと現れて、

「三河殿も小便か」

家康はなにか気の利いたことを言おうとしたが、なにも思いつかなかった。

「わしをこの場で刺し殺したいのではないかな？　竹藪や厠で死ぬのは勘弁してもらいたいのう」

「いや、わしはそんなつもりはない」

「ふふふ……密談はもう少し小声でなされよ」

光秀は高笑いすると、悠々と部屋に帰っていった。宗易はあとを追おうとしたが、そこに弥助がやってきて、

「宗易殿、少しおかしいのです」

「なにがおかしい」

「今、台所の小窓から外を眺めておりましたら、ジュストさまのご遺体が……」

「ご遺体になにかあったんか」

「ご自分の目でお確かめください」

宗易と弥助は、もと高山右近の部屋だったところに入った。庭を見通せるし、窓が台所より広いからである。家康は尿意がぶり返したため、厠に入ろうとした。しかし、

「こ、これはなんとしたことだ！」

という宗易の大声が聞こえたので、やむなく小便をあきらめて宗易たちのところに戻った。

「なにごとだ」

「三河さま、あれをご覧じろ」

高山右近の部屋の小窓から見える杉の木を指差した。しかし、磔になっていたはずの

右近の死体がない。釘が外れて落下したのか、と木の下に目を向けたがそれらしいものは見あたらない。暗くてわからないのかもしれぬ、と家康たちはあわてて館から出、庭園に駆けつけた。三人は松明で照らしながらあたりを探してみたが、右近の死体はどこにもなかった。なにかをひきずった跡や埋めたような跡もない。

「だれかが下ろして、運び去ったのやろか」

宗易が弥助に言うと、

「あんな高いところに上っていくのはむずかしいでしょう。どんな高い梯子も届きますまい。足場を組まなくては無理です」

家康が、

「磔にしたときはだれかがあそこまで上げたのだ。そのものならば、下ろすこともできよう」

「どうやって……？」

「そ、それはわからぬ。筑前殿なら『推理』で当てることができるかもしれぬがのう……」

家康はそう言ってちょっと笑った。弥助が、

「まさか、とは思いますが、ジュストさまは敬虔な耶蘇教徒でいらっしゃいますゆえ、

ゼズ・キリスト……耶蘇と同じように一度死んだあとふたたび蘇ったのではございますまいか」

「アホな……。耶蘇教徒が皆、死んだあとに生き返ってたまるかいな」

「そうとは言えますまい。私はアフリカにいたころ聞いたことがあります。アフリカには一度死んだものを蘇らせる秘術があり、その死体のことをザンビと言うそうです」

宗易が、

「そない言うたら、私も耳にしたことがある。明国でも死体が動き回ることがあり、それは僵尸とか言うらしいわ」

家康も、

「エジプト国では、木乃伊と申して、死体を腐らせずに保存する技があるぞ。臓物を取り除き、身体に包帯を隙間なく巻き付けるらしい。いつか蘇り、ひとを呪い殺す、とか聞いたぞ」

「三河さまは博学でおますなあ」

「いや、そうではないが、木乃伊を粉にしたものは不老長寿の効能があると聞く。いずれ手に入れてみたいものだ」

宗易が、

「──とにかくこのこと、筑前さまにお知らせしまひょ」

家康、宗易と弥助は館へと引き返した。広間にはだれもいなかった。ふたりは秀吉の部屋に行くためにカアテンをくぐった。そのとき、

「おおい、えらいことだがや！」

秀吉の声が廊下から聞こえた。そちらを見ると、光秀の部屋を秀吉がのぞき込んでいた。その顔面は蒼白で、脂汗を流している。秀吉の後ろには玉が両手で顔を覆いながら立っている。宗易たちが駆け付けると、

「おお、三河殿に宗易に弥助。どこへ行っておった。またまたどえりゃあことになったでよお！」

宗易と弥助は部屋のなかに目を向けた。宗易はため息をついた。光秀が仰向けに倒れている。その顔には苦悶の表情が著しく、口からは黒い血を大量に吐いていた。

「蘭丸さまのときと同じく、毒を飲まされたのやろか。すぐに治療したら助かるかもしれまへん」

弥助が光秀に近づき、脈を取ると、宗易に向かってかぶりを振った。

「そうか……」

宗易は両手を合わせて念仏を唱えた。玉は泣き崩れた。秀吉が、

「おお、玉殿。気をたしかに持ちゃあせ」

「この島ではどうしてこのように悲しいことばかり起きるのでしょうか。思いもかけぬ父の存命を喜ばしく思うておりましたのに……」

家康が、

「うーむ……山崎の合戦を生き延びたというに、日向殿はとうとう命を落とされたか。右府公のお恨みが一番深いであろうゆえ、もっと用心すべきであった。——最初に見つけたのはだれかな？」

秀吉が、

「おれと玉殿だがや。たまたまこの部屋のまえを通りかかると、戸が開いてたでよお、光秀め、なにをしておるか……と覗こうとしたら、なかから『本能寺での借りはこれで返したぞ！』という叫び声とともにだれかが飛び出してきたがや」

「それが犯人でござろう。顔をしかと見届けられたか？」

「いや……白い布をぐるぐる巻きつけておったので顔は見えんかったがや。けど、あれは御屋形さまに間違いありゃあせん。たしか……台所の方に走っていったでよう。おれが部屋をのぞき込むと、光秀が黒血を吐いて倒れておった。そこに……おみゃあたちが来たがや」

「では、部屋のなかには入っておられぬのだな」

「ああ……そうや」

宗易が、

「それはおかしゅうおまっせ。ほれ……ここに……」

そう言って、光秀の倒れている床を指差した。そこには血による手形が付いており、指紋まではっきりと見てとれた。だれかの手に光秀の血がついて、それと気づかず床に触れたものと思われた。

「これは筑前さまの手だすな」

「ち、ちがう！　おれは部屋には入っとりゃあせん」

「けど、この指跡……六つおまっせ」

そう言って宗易は秀吉の右手に目をやると、

「失礼ながら、このなかで手の指が六本あるのは筑前さまだけでおます。言い逃れはでけまへんで」

皆の冷たい視線が秀吉に集まった。ことに玉の視線は射るようだ。

「おれは光秀を殺っとらん。部屋にも入っとりゃせん。ほれ、このとおり……」

秀吉は右手のひらを一同に示した。

「手に血なんぞついとらせん」

家康が、

「手の血なんぞ、拭き取ればしまいだ。なれど、床の血までは気が回らなかったようだのう」

宗易が、

「上さまらしきお方が部屋から飛び出して逃げていった、ゆうのも筑前さましか見てまへんのや。六本指の手形が動かん証拠……」

秀吉は憤然として、

「たわけを申すな！　指の跡なんぞ、二回手を突いたら六つにも七つにもなるがや。このなかのだれでも殺す機会はあったわけだでよ。曲者は『本能寺での借りはこれで返したぞ！』と叫んだゆえ、おれはてっきり御屋形さまやと思うたが、わざとそんな言葉を吐いて、御屋形さまの仕業と思わせたのかもしれんがや」

「まあ……それはそうやけど……」

「屁理屈はなんぼうでもこじつけられるもんだで。たとえば、三河殿……」

家康はむっとした顔つきになった。

「三河殿、おみゃあさまは薬についていろいろ詳しいと聞いとるでよ。お蘭やら光秀やらが毒で殺されたとすると、おみゃあが一番怪しい、ということになるがや」

「わしが詳しいのは薬についてであって、毒のことまでは知らぬ」

秀吉が、

「『毒にも薬にもなる』ということわざもある。薬も盛りようによっては毒にもなろうがね」

弥助が、

「先ほども、木乃伊の薬効について話しておられました」

家康が弥助をにらみつけたとき、宗易が手を叩き、

「そや、忘れとりました。三河さまは先ほど日向さまが厠に入ったとき、私に『ぐさり、とやってしまわぬか』……と持ち掛けなさいました」

家康は顔をしかめ、

「冗談で申したのだ」

「このようなときに冗談(てんごう)は言わんほうがええと思います」

不快げな表情になった家康に秀吉は笑いかけた。

「こじつけようと思えばいくらでもできる、というのは、まえにおみゃあが言うたことだがや。そうならんようにするには『推理』が肝要だで」

「ほほう……して、筑前殿の推理はいかに？」

「まずは、例の歌の文句よ。四番を、ほれ、宗易、歌うてみい」

宗易は顔をしかめ、

「いい加減、覚えとくなはれ」

そう言いながらもわらべ歌を歌った。

四番は狐殿
人の獲物を横からかすめ
天罰受けたるはずなのに
今ひとたびも殺されまする

秀吉は、

「聞いたか。ひとの獲物を横からかすめ、というは、御屋形さまがまさに手中にせんとしておった天下を横取りせんとした、ということやが。狐ちゅうのは、そういう行いを卑怯でこずるい狐に見立てたのやろ。天罰というは、おれが山崎であやつを撃破したこと。今ひとたびも殺される、というのは、一度、小栗栖村で死んだはずやのに、またしても殺された、ちゅうことだでよう」

　家康が、

「日向殿が右府殿に殺されるのは、仕方のないことだ。それにしてもわからんのは、なにゆえ日向殿が、おのれに恨みを抱いている右府殿の招きに素直に従ってこの島まで来たのか、ということだ。こうなることはわかっていたであろうに……」

「そこで『推理』だぎゃ。きちんと謎をひとつずつ解いていきゃあ、御屋形さまになぶられずにすむし、その裏をかくこともできる」

　家康が皮肉っぽく、

「裏をかく？　猿ならば引っ搔く、だろう」

　そのとき、宗易が思い出したように、

「そや。私どもの方にもえらいことがおました。――ジュストさまの亡骸が消えましたのや」

　秀吉が、

「消えた、とはどういうことや」

「そのままの意味だす。杉の木に磔になってたのが今は影も形もおまへん。弥助と一緒に様子を見にいきましたのやが、探してもあたりに落ちとる様子もないし、あんな高いところに上がれるはずもないし……私にはもうわけがわかりまへん」

家康が、

「筑前殿、この謎、解いてみられよ」

秀吉はキキッと笑い、

「そうやのう。死体が消えた謎を解くまえに、まずはどうやってジュストの死骸をあの高え高え杉の木のうえに上げたか、ちゅうことだわ」

「それよ。貴公にわかるのか」

「わからいでか。おれは『探偵』だがや」

「探偵……とはなんだ？」

「探して、偵(さぐ)るもんだがや」

「ふん……そんなことが貴殿にできるのか」

「まあ、見てててちょう」

秀吉はしばらく考え込んでいたが、

「そうか。カラスか……」

「カラスがいかがした？」

家康がきいたが、秀吉はそれを無視して一同を見渡し、

「やっとわかったがや。おれの推理ではよう、ジュストは杉の木に打ちつけられるまえに、地面のうえで槍で刺されて殺されたがや。そのあと、死体をなにかのやり方で木のうえまで持ち上げたんだら」

家康が、

「なにかのやり方？　それが肝心であろう」

「考えてみてちょうよ。どんな力持ちでも、人間ひとりをあんな高い場所まで持ち上げるのは無理だぎゃ。大がかりに足場を組んで、数人がかりでやらんとな」

「でも、実際に持ち上げられていたではないか」

「磔にするだけなら、もっと低い木がいくらでもあるのやから、そちらを使った方が楽だがね。耶蘇の十字架も、あの絵によると、さほど高いもんではなかったはずだぎゃ。あれほど高い木のてっぺん近くまで持ち上げた、ということにはなにか意味がある、とおれはにらんだがや」

「もったいぶらずに早う言え」

「あの高さにしたのはな……おれたちに死体がよう見えせんようによ」

宗易が、

「どういうことだす？」

「あれは死体やなかった。人形……つまり案山子だったがや」

「そんなアホな」

「近くならすぐバレる。けどよ、あれだけ遠目ならわからん。そのためにあそこまで高い杉の木にぶら下げたがや」

宗易が、

「ということは……ジュストさまご自身でやった、いうことだすか」

「たぶん、御屋形さまと示し合わせてやったのやろうな。人形ならば軽いから、枝に紐でもかけて引っ張り上げたんだでよ。両手を広げさせ、そこに釘を打っておけば、下から見るものには磔になっているように見えるが、まことはぶらりと吊るされていただけだがや」

家康が首をかしげ、

「生々しい血を流していたではないか」

「獣の血か、絵の具やろ」

宗易が、

「せやけど、ジュストさまとそっくりの衣服を着てはりましたで。ジュストさまはわざわざご自分の衣服と同じものを着せた人形を用意してあった、ということだすか?」

「そうだがや。ジュストは以前、闇のなかで斬りつけられて、首の半分まで断ち切られたが、デウスの加護で奇跡的に命を取り留めた、などと広言しておったそうやが、人間、首を半分も切られたら生きてはおれんでよ。あれも人形やったのや。敵の罠と知りながら城に乗り込み、部屋を暗くしておいて、人形と入れ替わったのやろ。闇のなかだからわからなかっただけで。それで味をしめて、どこへ行くにもバッグに入れた身代わり人形を持ち歩いとったがや」

「では、自分の首の傷は……」

「あとでおのれの手でつけたのやろ。噂話をもっともらしゅうするためにな」

「どうしてそこまで……」

「おそらくはデウスの奇跡を強調して、耶蘇教の信者を増やすためかしゃん」

「ううむ……言われてみるとそれに違いない。さすが猿知恵というだけのことはあるが……どうして人形とわかったのだ」

「カラスよ」

「なに？」

「カラスの群れが一羽もジュストをつついていなかったのを思い出したんだに。はじめは、案山子に見えるから忌避しとるのやと思うていたが、カラスは死肉を食うもんだで。

それで、あれは人間ではないのかもしれん、と思うたがや」

宗易が、

「なんで今になって人形を下ろしたんだっしゃろ」

「いつまでもぶら下げておくと、さすがにおれたちに気づかれるからやろ。風でからから揺れたりすると、軽いもんやということがわかってしまうがや」

「ほな、ジュストさまはこの館のどこかにおいで、ということだすな」

「御屋形さまとともに、おれたちを見とるにちがいにゃあがや」

「ジュストさまははじめから上さまとグルやったのやろか……」

「かもしれんのう。とにかくおれたちは騙されとったんだわ」

一同は身震いした。味方だと信じていた右近がじつは信長側だとわかったからだ。こうなるとここにいるほかのものも信用できない。

玉が突然、

「むごい死にざまの父の亡骸をいつまでも見ておりとうございませぬ。広間に参りませんか？」

もっともなことだったので、皆は部屋を出ると戸を閉め、広間に移動した。皆は疲れた様子で椅子にもたれかかるようにして座った。

秀吉がにやにや笑いながら、

「どだ、おれの推理もまんざらやなかろう」

宗易が、

「そうだすなあ。筑前さまにそのような才がおありとははじめて知りました」

「えっへん！」

鼻高々の秀吉に家康が、

「ならば、森蘭丸殿が死んだときのことも解き明かせるでござろうかのう」

「なに？　お蘭の死んだとき……？」

「蘭丸殿は、修理殿が飲んでおられたカップから葡萄酒を飲んで亡くなられた。葡萄酒はわしらも飲んだゆえ、毒は修理殿のカップに仕込まれとったと思われるが、なにゆえ修理殿は死なず、蘭丸殿だけが死んだのか……」

秀吉は腕組みをして、

「カップにからくりでもあったのか。いや、おれが見たかぎりではそんな細工はなかったが……」

「さあ、探偵ならばお答えいただこう」

秀吉の顔が急に明るくなり、

「ははあ、わかった！　あれはのう、たやすいことだがや」

「たやすいと？」

「さよう。あれごとき詐術が見抜けんとは三河殿のおつむもたかがしれとるがや」

家康は憤然として、

「では教えてもらおう」

「薬にお詳しいおみゃあさまゆえおわかりかと思うが、毒には解毒剤というものがあり、それを事前に飲んどりゃあ毒薬の効は表れんがや」

「つまり、修理殿は解毒剤を飲んでいたと？　修理殿もグルだったということか！」

「かもしれんが、グルなら態度に出るはずだがや。たぶん、お蘭に酒をおのれのカップから無理矢理飲ませろ、とだけ御屋形さまに指図されとったのやろ。毒が入っている、とまでは思うておるまい。おれたちが無事やったということは、毒は葡萄酒ではなくカップに仕込まれていた。解毒剤は権六の膳の料理に入っていて、それを食うたあとに酒を飲んだゆえ、毒が効かなかった……というわけだに」

「解毒剤が料理に入っていた、ということは、料理人が犯人か。殺さずにおくのであったが……もう遅い」

「料理人とはかぎらん。台所にはだれでも出入りできたはず。御屋形さまをはじめ、おれたちもやろうと思えばできたがや。給仕したのはここにおる宗易と弥助に玉や。みんな怪しいといえば怪しい」

宗易が、

「そうなると、残っている食べ物や食器も安心できまへんな。私はもうなにも飲み食いせんことにします」

「水も飲めんがね」

「ひとりになるのが怖いさかい、風呂はおろか厠に行くのも気ぃつけんと……」

家康がテエブルを拳固で叩き、

「もう、だれを信じてよいかわからぬわ！　修理殿もジュスト殿も、右府公と裏でつながっていたとは……」

そして、宗易、弥助、玉に向き直り、

「その方たちも右府公と結託しておるのではないのか？　斬られたくなくば、白状せい！」

「三河殿……おみゃあほどの武将がそんなにうろたえるのはみっともないがや。これも戦国の駆け引きと思えば、おみゃあこそ謀術の大家(たいか)やないか」

「…………」

「御屋形さまを必要以上に恐れることはにゃあ。なんぼう御屋形さまでも罪なきものまでは殺しはせん。全員を殺すつもりなら、おれたちはとうに皆殺しに遭うとるがや」

「そ、それはそうだが……」

「おれはできるだけ謎を解き明かし、おみゃあたちに教えるつもりだぎゃ。おれたちは一蓮托生。そうでないと、あの御屋形さまと五分には戦えせん」

「む……」

家康は一同の顔を見渡し、

「わかった。とりあえず今は争うのはやめよう」

秀吉が、

「それでよう、お蘭が殺された理由はわからぬが、おれは権六が御屋形さまに罰せられたわけを知っておるがや」

宗易が、

「そのわけとは？」

「キッキッキッ……権六も光秀も死んでしもうたゆえ、もう明かしてもよかろう。あやつは御屋形さまの妹君、お市の方さまに執心であった。それはもう、たいへんな惚れようだったがや。ついには、権六めは御屋形さまをそそのかして、お市さまの夫であった浅井長政を攻め滅ぼした。どうあってもお市さまをわがものにせんとの欲のままに、浅井、朝倉両家はもとより、比叡山の僧たちもことごとく殺してしもうた。これでようようお市さまは寡婦におなりあそばした。権六めは早速御屋形さまのところに行き、お市さまを嫁にくれ、と懇願したがや」

玉がうなずき、

「たしかに修理さまは、お市の方さまをなんとかご自分のものにしようとしておられたようでございますが……」

「しかし、御屋形さまは首を縦には振らなんだ。浅井家を滅ぼすのはおのれのお考えとも合致していたが、御屋形さまは権六の粗暴さ、残虐さ、自分勝手さなどがお嫌いであったでよ。力のある武将であるとは認めるが、ご自分の妹君の亭主にするのは我慢がならなかったのやろう。なんのかんのと理屈をつけて、お市さまを権六に渡すことを拒みなされたがや」

宗易が、

「わからんでもおまへんなあ。比叡山でのあの殺しっぷりを知ったら、だれでもそない思いまっしゃろ」

「それでなあ……」

秀吉は頭を掻きながら、

「おれは本能寺で御屋形さまが亡くなられたと思うとったし、権六の長年の執心も知っとったゆえ、あやつとちっとばかり取り引きをしたがや。へへへ、つまりその……中国から大返しで戻ってくるときに、権六めが越中からやってきてちょっかい出されたら面倒なことになる。明智側に就かれても、おれに味方されてもいろいろやっかいだがや。だから、おれは明日にも山崎で光秀とひと戦するが、おみゃあはどうせ間に合わんのやから北ノ庄にとどまっとれ、そのかわり、首尾よう光秀が討てたら、お市の方さまはおみゃあに嫁がせるでよ、という手紙を送ったがや。あいつはおれの言葉を信じて進軍を遅らせたでよう。御屋形さまはそういう態度を一番嫌いなさるのをおれも修理も身に染みて知っとるが、まさか生きておいでとは思わんでよう」

「そんな裏がおましたんか。主君の仇討になにをおいても急いで駆けつけなあかんときに、女に迷うて進軍を遅らせるとは罰当たりだすなあ」

「なれど、御屋形さまが存命とわかったゆえ、おれとあやつの密約も反故だがね。御屋形さまはたぶん、妹君を権六に嫁がせとうなかった。それで……殺したと思うがや」

「なるほど……ありうる話だすな。上さまのなさりそうなことや」

家康が、

「筑前殿、なかなかあっぱれなる探偵ぶり、家康感服つかまつった。——で、筑前殿はご自分がいかなる咎で右府殿に呼ばれているか、わかっておいでか?」

「キッキッキッ……まあ、心当たりはないことはないがや」

「それはどのような……」

「ここで明かすのはきまりが悪いのう」

「この際、腹にあることは皆言うてしまわれよ。でないと、わしらは互いを信じることができぬままぞ」

「そうだのう。——昨日、三河殿がおれに、あの中国大返しはいくらなんでも早過ぎる、光秀が謀反を起こすと知っており、高松城を攻めながらもいつでも戻れるよう支度していたのだろう、と申されたが、あれはのう……半分当たっとったがや」

「やはりそうか」

「おれが毛利を水攻めしておるとき、一通の書状が届いた。そこには、光秀が近いうちに御屋形さまを討つ、と書かれていた。信用できる相手からの書状であったゆえ、おれはいつでも撤兵できるよう支度をはじめた。すると数日後に、本能寺で御屋形さまが光秀に討たれたという報せが来たがや。『やりよったか!』と思い、早速だんどり通り京へ向かった……というわけだがや」

「つまり、光秀の別心を知りながら右府殿には黙っていたわけだな」

「まあ、そういうことだがや」

「それが右府殿の耳に入ってしまったかもしれぬ、ということか……」

「うむ。――まさか、生きとるとは思わんかったがね。キッキッキッ……」

秀吉は苦笑いをした。

「貴公に、光秀に別心の意あり、と知らせたのはどこのたれでござるか。よほど信用できる相手ではあろうが……」

「それがのう……光秀本人よ」

「なに？」

家康は仰天した顔つきになった。

「まことでござるか」

「ああ、これ以上信用できる相手もあらせんがね。御屋形さまのなさりように耐え兼ねたゆえ、謀反を起こす覚悟である、と書いてあった。花押も書かれていたので、本物だと思うた」

「正直、『しめた！』と思うたであろう。光秀ならだれにはばかることもなく殺せ、天下が転がり込むわけだからな」

秀吉はかぶりを振り、

「いや……おれはそんなにつまらん男ではないがや。おれはすぐさま光秀に、思いとどまるよう書状を送っただに。御屋形さまは間違いなく近いうちに天下人になられるお方である。貴公の気持ちはわからぬでもないが、ここは我慢をしてお仕えし、ともに天下統一のために尽力しようではないか、とな」

「ほほう……」

「御屋形さまにそのことをお知らせしなかったのも、御屋形さまはいちど裏切りものと思い込むと、なにがあろうと許さぬところがあるからだぎゃ。なれど……光秀めは翻意しなかったがや」

「貴公が光秀の謀反を知っていた、とわかったら、右府公は貴公をも許すまい」

「さようさ。それが怖いがや。おれもこのままでは御屋形さまに殺されてしまう。ジュストも向こう側だとわかったからにゃあ、なんとかせにゃならん」

「そうだのう。右府殿はわしも筑前殿も殺すつもりであろう。しかし……」

家康は、宗易、玉、弥助の三人を見やり、

「おまえたち饗応役には関わりのないことのようだな。形はへつらっておるが、おまえたちはわしらがつぎつぎ殺されるのを腹のなかでは笑って見ておるのだろう」

宗易が、

「そんなことはおまへん。蘭丸さまは真っ先に殺されましたがな。私どもも標的のはず

……」

「まことか？　じつは御屋形さまと通じ合っている、ということはなかろうな」

「私どもも上さまには怯えとりますのや。しかも、皆さま方にも怯えとります」

「わしらに？　なにゆえだ」

「三河さまは、危険の芽を摘む、とか申されて、料理人たちを塵芥のように殺しはった。私どももそのような目に遭うのやなかろうか、と思うとります」

「おまえは大名たちに茶の湯を教える名高い宗匠、玉殿は光秀の娘御、弥助は右府殿側近く仕えておった弓取りだ。料理人たちのような身分の低いものどもとひとつにはならぬわ」

「ジュストさまは、デウスのまえでは人間は皆平等と言うてはりました」

「ふふん……耶蘇教はそのようなうまいことを言うて、下々のものをたぶらかしておるようだが、人間が平等のわけがなかろう。戦に巻き込まれて虫けらのように殺される百姓、町人どもとわしらが同じか？」

「ほな、下々のものは殺されても文句は言えん、と？」

「そういうことだ。そうなりたくなければ立身出世することだ。それしかない。この戦国の世においては、ひとのうえに立つこと、すなわち『死なずにいられる法』なのだ。そのためにわしは今まで死に物狂いで努力してきた。だから……こんな島で死ぬわけにはいかぬ」

「納得できまへんな。どれだけ大きな領地を治める大名も病にかかったら死にますのや。信玄公も謙信公もそうだした。それに……なんぼひとのうえに立っても、うえにはうえがおる。栄華を極めとるはずの将軍さまやお天子さまでも、明日、殺されんとはかぎらんのが今の世の中だっせ」

「それは屁理屈というものだ。わしはひとのうえに立つこと、それと、先回りして禍根を断つこと、このふたつを実践してきたのだ。いずれおのれに仇をなすかもしれぬ、と思えた相手はとにかく早いうちにその芽を摘んでしまうのがわしのやり方だ。料理人から下男、下女を撫で斬りにしたのもそれになろうたものだ」

秀吉が貧弱な髭を震わせて、

「それは間違っとるがや。おれも水のみ百姓の出でよう、足軽奉公からはじめて、御屋形さまのおかげでここまで出世した身ゆえ、ひとのうえに立ちたいとは思うとるが、おみゃあのようなやり方はしたくねえがや」

「ふん！　すべては最後に笑うものが勝ちなのだ」

宗易が、

「三河さま、私はあなたさまも筑前さまも怖ございますけど、みなさまのお味方をせならん、とは思とります。それは……わが身を守るためだす。上さまに抗うにはこちらも結束を固めねばなりまへん。向こうにはジュスト殿もいることがわかったことでもおますし……」

しばらく沈黙があった。家康は咳払いをして、

「それにしても右府殿はどうやってわしらに見つからずに館のなかを移動なさっておられるのであろう。姿は見えぬのに、声だけが聞こえたりする。まるで幽霊のようだ」

秀吉が、

「さあ……それはおれにもわからん。この広間に皆でいたとき、カアテンの向こうから声がしたゆえ、すぐに廊下に出たが見当たらん。まさに神出鬼没というやつだがや」

「探偵ならば、この謎も解いてみてくれ。向こうが神出鬼没だと、今のままではどうしてもこちらの方が不利だ」

「うーむ……」

秀吉はこめかみをぐりぐりと指で揉んでいたが、

「ちいと確かめてみたいことを思いついたでよう」

そして、床に四つん這いになり、あちこちを拳で叩きはじめた。

「なにをしてはりますのや」

宗易がとがめると、

「見てないでおみゃあたちも手伝ってちょう。音がちがうところを探すんだがね」

言われて宗易たちも這いつくばり、床を叩いた。しばらく傍観していた家康もついには加わった。時間をかけて広間の床をくまなく叩いてみたが、

「変わったところはないように思いますけどなあ……」

額の汗を拭いながら宗易が言うと秀吉は、

「おかしいなあ。おれの推理が間違いだったかや？」

「ははは……そういうこともたまにはおますわいな」

皆は作業をやめた。しかし、しつこい性格の家康はひとり、手燭を持って広間からアテンの外にまで出ていき、廊下の板を叩きはじめた。そして、

「――あっ！」

と声を上げた。

「これはおかしい。ちょっと来てくれ！」

秀吉たちがあわてて廊下に出ると、家康は廊下の真ん中と端の方を叩き比べた。外側の方が明らかに音が軽い。しかし、見かけには違いはない。秀吉は自分でも叩いてみた。

家康が、

「おわかりか？　なかは空洞ではあるまいか」

「おれが探していたのはこいつだぎゃ」

秀吉は、板をぐいと押した。すると、少し離れたところが梃のように浮き上がり、ひとがひとりぎりぎり入れるぐらいの穴がぽっかりと開いた。

「おおっ！」

手を離すと勝手に閉じる。そうなると、うえから見ても切れ目があることすらわからない。家康が、

「抜け穴か。家来の服部半蔵に聞いたことがある。忍び屋敷にこういうからくりがある、とな」

宗易が、

「上さまはこれを使って、逃げたり、隠れたりしてはりましたのやな」

弥助が、

「私が降りましょうか？」

「いや、おみゃあみてえに図体のでけえやつには無理だがや。一番身体が小さいおれが行く方がええ」

秀吉は家康から手燭を借りると、穴のなかに飛び降りた。

「ほほう……かがむと動き回れる広さやが。後ろにもまえにも長く続いとる。向こうの方はよう見えんが……。——お、あれはなんだね？　ちょっと行ってみるがや」

次第に秀吉の声とごそごそする音は遠のいていき、ついには聞こえなくなった。皆は息を殺して待っていたが、やがてごそごそという音がふたたび近づいてきて、穴からひょいと顔を出した。

「どうやら廊下に沿ってずーっと地下道がありゃあす。しかも、それぞれの部屋の下にも伸びとるがや。全部を回ったわけやないが、ここと同じような出入口もあちこちに設けてあるようやな。たぶん部屋にも、わからんように穴が開いとるのやろ。それに……」

秀吉は手にしたものを穴の外に出した。それは、ぐにゃぐにゃしていて曲げ伸ばしができる、十五尺（四・五メートル）ほどもある細長い管のようなもので、先端に大きな朝顔のような形の金属の部品がついている。

「なんだ、それは」

「まえに御屋形さまに見せてもろうたことがあるがや。南蛮の道具で『ホース』とかいうものらしい」

家康が不審げな顔をすると、秀吉は朝顔部分を家康に持たせ、自分は穴のなかにひっこんでから、筒のもう一方の端に口をつけ、

「ぶはははは……余は織田信長なるぞ……！ 一同、頭が高いがや！」

すると、その声は穴のなかからではなく、金属製の朝顔から聞こえてきた。まるですぐ側で話しているかのようだ。しかも、声はわんわんと震え、不気味な反響を示している。

「御屋形さまはこれを使うて、床の下からしゃべっとってもすぐ近くにいるように見せかけていたがや」

「地の底から響くような声……と思うていたら、まことに地面の下でしゃべっていた、というわけか。あの歌もこれを使っていたのだな」

「あのいかめしい御屋形さまがモグラモチのように床下を這いまわっていたとはおれも驚いたがや。――そろそろ引っ張り上げてくれ」

弥助が太い腕を伸ばし、秀吉を軽々と廊下まで持ち上げた。穴の外に出た秀吉は両手に抱えていたものを皆に見せた。宗易が仰天して、

「おお……これは！」

それは、右近……いや、右近と同じ着物を着た人形であった。顔かたち、肌の質感、腕や脚などもそっくりで、まるで生きているかのようだった。頭や脇腹には多量の血がこびりついている。

「おそらくは南蛮の細工師のものやろう。パードレから手に入れたのやないかや」

「筑前さまの推理、見事に的中しとった、ということだすな。いやいや、お見それしました」

「ふっふっふっ……」

秀吉は得意満面の顔つきになった。しかし、家康は仏頂面で、

「本物のジュストはいなかったのか？　右府殿は？」

「それは見かけんかったがや」

「わしはこのまま右府殿がいつ襲ってくるかと手をこまねいて待っているのはごめんだ。先手を打ちたい」

「おみゃあの性格からすりゃ、そうであろうの」

「なにかよい思案はないか」

「うーむ……」

弥助がおずおずと、

「上さまがこの地下道を使って私たちを弄んでいたことはこれでわかりました。逆に、私たちがこの地下道を利用して、上さまを罠にかける……ということはできませんか」

秀吉がポンと手を叩き合わせ、

「なるほど、罠か！　おれはたった今、どえりゃあええ策略を思いついたに」

家康が、

「どのような策略だ」

「御屋形さまがやっとることを逆さにするがや。――御屋形さまは地下道のどこかにおいでなさると思う。おれたちが地下に下りて、御屋形さまを探しにいく、というのは愚の骨頂で、向こうの術中にはまる。こっちから呼び出すがや」

「ほう……」

「まずジュストのこの人形におれの着物を着せて、地下道に寝かせとく。そして、この『ホース』の先っちょを人形の近くに置き、反対側はおれの部屋まで引っ張る。おれが部屋のなかで、『御屋形さま、猿めにござりまする。御屋形さまの企みはとうに露見しとりますがや。こちらは五人、そちらは二人。おとなしゅう降伏なされませ。さもなくばこの猿、三河殿とともに少々手荒いことをせにゃならんでよう』とこの管に吹き込んだら、御屋形さまは人形のところに来るはずだがや」

「右府殿をこちらからおびき寄せるというわけか。たしかに先手だのう。だが……この人形はジュストの顔に似せて作ってある。貴公のような猿顔にせぬとだませないのではないか？」

「地下道は暗いゆえ見破られる心配はにゃあよ」

「そのあとどないしますのや」

「人形の服にとりもちをたっぷり塗っとくがや。御屋形さまが身体中べたべたになって身動きできんようになっとるところを、皆で取り押さえる……というのはどうかや？」

「なるほど、それはいけまっせ。けど、これまでだまされてきた『ホース』を使うやなんて、よう思いつきはりましたなあ」

「おれがこの『ホース』を手にしたとき、頭のなかに、『ホース』を使え……ちゅう声が聞こえたような気がしたなも」

家康が、

「いかにも良き謀（はかりごと）のように聞こえるが、そう上手く運ぶかのう。右府公とジュストは人形がなくなっていることに気づいて怪しむのではないか。逃げられてしまっては万事休すだぞ」

「心配いらん。おれは、失敬ながら御屋形さまよりもおつむはうえだがや。キーッキッキッ……」

宗易が、

「肌についたとりもちは剥がそうとすると皮がめくれるほど強力だす。カラスを捕まえるために台所に置いとりますさかい、持ってきまっさ」

しばらくすると宗易は、水を張ったたらいに入れたとりもちを持って戻ってきた。秀吉は着物を脱いで人形に着せ、おのれはふんどし一丁になった。宗易と弥助がとりもちをたっぷりと人形に塗り付けた。

「これでええがや」

秀吉は自分の手にとりもちがつかぬよう気を付けながら、人形を地下道に下ろした。そのかたわらに『ホース』の朝顔を置き、そこから地下をつたって管を「瓢箪の間」まで這わせ、反対側の口を床から突き出させた。部屋の床にも、同じように板が外れるからくりが仕込んであったのである。秀吉が自室に入ろうとしたので家康が、

「なにゆえ部屋に入られる?」

「キッキッキッ……なんぼうおれが図々しいというても、あの御屋形さまを計略にかけるのは怖いでよ。部屋にこもれば少しは気が収まるがや」

残りのものは、右近の人形を下ろした穴の周囲に待機することになった。もちろん穴は閉ざしてある。宗易が床板に耳をぺたりとつけた。

「ええか？　やるでよう。ひひひひ……」

秀吉はそう言うと、戸を閉めた。宗易はじっとしている。なにかが地下で起きたらただちに板を開いて飛び降り、信長もしくは右近を捕えねばならぬのだ。家康、玉、弥助もぴりぴりとした空気のなか待ち構えている。

「御屋形さま、御屋形さま……猿めにござりまする！」

秀吉は持ち前の大声でしゃべり出した。その声は、宗易が耳をつけている廊下の床下から聞こえてくるのだ。

「御屋形さまの企みはー、とーうに露見しとりますがやーっ。こちらは五人、そちらは二人。おとなしゅう降伏なされませーっ。さもなくばこの猿……」

そこで言葉が途切れた。宗易は続きを聴く耳を澄ました。全員が身体をこわばらせ、耳に神経を集中させた。線香なら三本ほどが燃え尽きるぐらいの時間が流れた。しかし、なんの声も物音も聞こえてはこぬ。

「どうなったのだ……」

家康が言った。

「猿が黙り込んでおる。もしや……」

そう言うと、ふらりと立ち上がり、「瓢箪の間」に向かった。

「おかしい……。戸が開いておる」

そして、なかをのぞき込もうとしたとき、顔に白い布を巻きつけた人影が飛び出してきた。

（み、木乃伊……！）

恐怖に震えている家康は、その影に突き飛ばされて倒れた。

「く、曲者だ！　出会え！」

そうおめきながら必死で身体を起こそうとした家康が見たものは、部屋のなかで仰向けに倒れている秀吉の姿だった。すぐまえの床板が斜めになっており、ひとがひとり通れるほどの穴が開いていた。そこから『ホース』の端が突き出ている。そして、秀吉の口にはとりもちと思しき大量の白い物体が詰め込まれていた。

「おおお……筑前殿が……おおおおお……」

家康は爬虫類のように廊下を這った。その声を聞きつけて、宗易たち三人がやってきた。

「どないされました？」

宗易の問いに家康は無言で秀吉の部屋を指差した。弥助がなかに入り、脈を取った。

そして、かぶりを振りながら、

「ことされておられます」

言われなくてもそのことは皆わかっていた。猿に似た顔に皺を寄せ、どんぐり眼(まなこ)をいつもの倍ほどに見開いていたからである。

玉が小さな声で、

五番は山猿殿
知恵はあれどもその知恵に溺れ
キッキッと笑うて笑い過ぎ
息が詰まって相果てまする

そう歌った。宗易が、

「息が詰まって相果てまする、か……。まさかとりもちを喉に詰められて殺されるとは……」

玉が、

「知恵があったことは間違いないお方でしたが、罠をかけようとしてかえってしくじられました」

「上さまの方が一枚上手やった、ゆうことやなあ……」

家康は突然床を叩き、

「貴様たち、なにを他人ごとのように言うておる！　そうか……やはり自分たちは殺される心配はない、と高をくっておるのだな。くそっ……わしは死なぬぞ。かならずこの島から生きて戻り、天下をわがものにするのだ。筑前殿のようにはまいらぬぞ。来るなら来よ、右府殿。わしは……わしは負けぬ。思えばあのとき……しくじったのが悔やまれるわい……」

玉がはっとしたような表情になったが、家康は、

「そ、そうだ……舟があるはずだ！」

と膝を叩いた。

「光秀めが乗ってきた舟があるではないか。わしはそれでこの島を出るぞ！　地下を右府公が這いずりまわっているようなところにおれるものか」

玉が、

「素人が小舟で海に出るのは危のうございますよ」

「うるさい！　ならば、貴様らが船を漕げ！」

宗易たちが黙っていると、家康は腰に差していた脇差を抜き、宗易たちに向かって突き付けた。

「舟を出せ！　さもなくば斬るぞ」

だれも動こうとせぬ。家康は苛立って、

「わしを首尾よう三河まで連れ戻ってくれれば莫大な金をやろう。貴様らもこの島にいるかぎり右府公の手にかかって死ぬやもしれぬのだぞ。わしと一緒に抜け出した方がよくはないか。死ぬか、金か、どちらが得かは考えるまでもなかろう。さあ……舟を出すのか、斬り殺されたいのか……」

宗易が、

「私は上さまに茶堂としてお仕えする身。おっしゃることをきくわけにはまいりまへん」

「なに？　命が惜しゅうないのか」

「私どもは三人、三河さまはおひとりでおます。三河さまこそ、お命が惜しゅうはございまへんか」

家康は舌打ちをすると、身を翻して広間へ入り、そのまま渡り廊下へと向かった。本殿を通って外に走り出る。

（なにゆえ……なにゆえわしがかかる目に遭わねばならぬのだ……）

家康は裸足のまま門を目指した。タン！　タン！　という乾いた音が背後から聞こえてくる。

（鉄砲だ……！）

家康は恐怖のあまり脱糞しそうになりながらも、なんとかくぐり戸から表に出た。

（海岸までなんとか逃げ延びねばならぬ。そこには……光秀の船があるはずだ……）

汗をだらだら垂らしながら、裸足で浜へと向かう。何度も転んだが、そのたびに後ろを振り返り、また走る。タン……タン！

「あわわ……あわわわわ……」

ようよう波の音が聞こえてきた。砂に足をとられ、走りにくいことおびただしいが、必死に走り続け、なんとか海岸にたどりついた。

（舟……舟……舟……）

家康は、光秀が乗ってきた小舟を探した。なにもない海岸である。壊したり、隠したりしていないかぎりすぐに見つかるはずだ。家康は小手をかざして周囲を見渡した。

（あった……！）

大きな岩の陰に舟があった。それを見た家康は驚愕した。

「どういうことだ……」

なんと、小舟は二艘あったのだ。駆け寄った家康は、そのうちの一艘が木の舟で、もう一艘が土を押し固めて作られた泥舟だと気づいた。

六番は狸殿
選んだ船は泥船にて
背中に火がつきぼうぼうぼう
熱い熱いと殺されまする

六番の歌詞が頭に浮かんだ。

（ふん……泥船を選ぶものなどおらぬわ！）

家康は木の舟を押した。しかし、重くて動かぬ。必死になって押しているうちに、少しずつ動き出した。

（よし……）

汗みずくになって小舟を海に押し出すと、それに乗り込んだ。櫂をつかんで水底の砂を押す。すぐにふわりとした感覚とともに舟が浮いた。漕いでみると、つうーっと走り出す。

（なんだ……素人にはできぬとか言うておったが、けっこうたやすいではないか）

家康はにたりと笑った。

（勝家も秀吉も死んだ。光秀もだ。右府殿とジュストは生きておるが、めぼしい家臣も連れてはおらぬのだ。すぐに大軍を派遣してあの館ごと燃やしてしまおう。本能寺の再現だ。——結局はわしが得をしたわけだ。最後に笑うものはやはりわしであったな……）

家康はひとりで高笑いをはじめた。まだしばらくはかかるだろうと思っていた「天下人」が手中に転がり込んできたのだ。

（ふふふ……右府殿とあの島に感謝せねばならぬのう……）

しかし、しばらくすると様子がおかしくなってきた。船底に水が溜まってきたのだ。どこかに穴が開いているらしい。家康は顔をひきつらせた。

（いかん……このままでは三河に着くまえに沈んでしまう……！）

しかし、水はどんどん増えてくる。家康は櫂を引き上げ、水を掻い出そうとしたが、柄杓（ひしゃく）もたらいもなく、手でやるしかない。家康は泣きながら両手で水を汲み、舟の外に出し続けたが、とてもおっつかない。といって、今から浜に戻るには遠すぎる。家康は舟のうえでにっちもさっちもいかない状態に陥った。

(海に飛び込むか……いや、わしは泳げぬのだ……)

すでにかなりの深さがある場所まで来ている。溺れることは間違いない。しかも、フカの背びれのようなものがちらと見えた……ような気がした。

(わしは死ぬのか。いや……いずれ天下に号令すべき身が、かかるところで命を落とすわけにはいかぬ)

家康は目を血走らせて四方八方を見た。すると、浜辺に人影が見えた。玉と弥助である。

「おおーい、助けてくれ! 舟が沈みそうなのだ!」

しかし、ふたりは家康の声が聞こえているのかいないのか、こちらをじっと見つめたままだ。

「聞こえぬのか! 船底に穴が開いておるのだ! わしはここで死ぬわけにはいかぬ! 疾く来い! 助けてくれたら、弥助、おまえは侍大将に取り立ててやるぞ。玉殿も、細川殿のもとに戻れるようにしてやろう。どうだ、悪い話ではなかろう」

玉も弥助も動かない。

「なにをしておる！　手遅れになるではないか！　早う……早ういたせ！」

喉がちぎれるほどの大声でそう叫んだ家康がさらに驚愕する事態が起きた。大岩の陰からひょいと現れたのは、なんと羽柴秀吉ではないか。

「おーい、三河殿、木の舟の乗り心地はいかがかやー」

「い、生きておったのか！」

「ああ、ありがたいことにまだ生きとるがや。キッキッキッキッ……」

「笑うてないで、助けてくれ！」

「おれの問いに答えてくれたら助けたろまい」

「問い？　そんなものは、助けてもろうたあとならいくらでも答えてやる」

「そうはいかぬ。今、答えてもらいてゃあがや」

「な、ならばとっとと申せ」

「安土でおみゃあは御屋形さまと光秀に一服盛ったかや？」

その瞬間、風音も波の音も一瞬ぴたりとやんだ。広大な砂浜に静寂が訪れた。家康は鬼のような形相で秀吉をにらみつけている。

「なにゆえそのことを筑前殿が知っておる」

秀吉はにたにた笑いながら、

「盛ったか盛ってないか答えんかね。さもなきゃ……死ぬでよ」

舟はすでに半ばまで浸水している。びしゃん、と足もとで海水がはねた途端、家康は蒼白になり、

「わ、わかった。言う。そうだ……大宝坊という宿所において、右府殿を殺すつもりで丸山左京という家臣に命じてわしがやらせた。大事の客をもてなすとき右府公はかならず事前に味見をする、と聞いていたので饗応の膳の料理に混ぜ込んだのだ。毒薬のはずだったが、なぜかはわからぬが上手くいかなかった。しかも、えらい臭いがした。あれは、南蛮から取り寄せた薬をわし自身が調合したものだ。南蛮の書物には、きわめて危険な薬と書かれていたので猛毒だと思うていたが、訳したものが間違うたのかもしれぬし、わしの調合に誤りがあったのかもしれぬ……」

「やっぱり、そうだったきゃあ」

「わしは約束どおり白状したぞ。さ、さあ、早う助けてくれ！」

「わかったわかった。——弥助」

弥助は海に入ると力強く抜き手を切って泳ぎ出した。弥助の泳ぎはイルカのように速く、あっという間に小舟にたどりついた。そして、早うせい早うせいと喚き続けている家康を背負うと、ふたたびもとの浜へと戻ってきた。ずぶ濡れの家康は命が助かった安

堵感から浜辺に座り込んでしまった。そのまえに立った秀吉は、

「手間をかけさせやがったが、ついに犯人をつきとめたがね」

家康はよろよろと顔を上げ、

「どういうことだ」

秀吉は笑いながら、

「わからんかや？　この島に皆を呼び寄せたのは、だれが御屋形さまに薬を盛ったのかを突き止めるためだったがや。――御屋形さま、やっぱりこの野郎だったでよ！」

秀吉が岩陰に向かって叫んだ。家康が、

「御屋形さま、だと……？！」

しかし、秀吉の言葉に応えて現れたのは、白い布を顔に巻き付け、頭巾を深くかぶった男だった。

「右府殿……？」

男は頭巾を脱ぎ捨て、顔の包帯をゆっくりと外していった。その下から出てきた顔は……信長ではなく、毒殺されたはずの明智光秀だった。火傷もなにも負うていない。家康は混乱して、

「み、光秀ではないか。貴様も生きておったのか……！」

光秀はにやりとして言った。

「地獄から……蘇ってきたわい」

そのとき鎌のような形の高い波が上がり、家康の頭に叩きつけられた。家康は気を失った。

◇

ジュストを除く全員が広間に集まった。光秀は長方形のテエブルの短い辺の席に着座し、ほかのものは左右の席に着いていた。濡れネズミだった家康と弥助も乾いた着物に着替えて座っていた。ひとりひとりのまえに茶碗が置かれ、宗易が点てた薄茶がかぐわしい香りを放っていた。茶碗はあとふたつ置いてあったが、その席にはだれも座っていなかった。

秀吉が、

「今からすべての絵解きをするでよ、心して聞いてちょうよ」

家康が、

「やはり右府殿などはじめからおらぬのだろう。貴公と光秀めが結託してわしらを陥れようとしていたにちがいない！」

「ははは……そうではないだに。おれの話を聞けば、ちゃんとわかるはずだでよ」

「なぜ貴公はなにもかも知っておるのだ」

「おれと玉殿、それに弥助の三人だけは、最初からすべてを知っとったんだがや。蘭丸はなにも聞かされておらず、宗易も全部は知らんだに」

「饗応役のふたりはわかるが、貴公もわしらと同じ日にこの島に着いたのだろう。なにゆえ筑前殿だけがなにもかも承知しておるのだ」

「ははは……それはおみゃあさまの勘違いだでよ。おれがこの島に着いたのは、おみゃあたちよりも三日もまえだに」

「な、なにい……？」

「出迎えてくれたのは蘭丸と玉殿と弥助だぎゃ。おれが部屋にいると御屋形さまがやってきて、おれにすべてを打ち明けた。おれはその言葉を信じたがや」

秀吉は、皆より三日早く呼ばれて信長とさまざまな打ち合わせをしたあと、料理人や下男、下女の住む長屋に潜んでいたのだ、という。食事は下女のひとりが届けてくれた。その間に宗易が島に着いたらしい。秀吉は三日後、何食わぬ顔で「たった今、島に着いた」というような体でこの客殿に現れたのだ。宗易が、

「いやあ、まるで知りまへんだした。玉も弥助も知っていた、とは……迂闊なこって」

「ははは……すまぬすまぬ。御屋形さまの指図だで堪忍してちょう」

　秀吉が信長から命じられたのは、安土城下で光秀と揉み合いながら階段から落ちたときに突然、身体に異変が起きた。その直前になにものかに薬かなんぞを盛られたに違いないが、その相手をつきとめてほしい、ということだった。

「余が思うに、犯人は徳川家康である。あのとき安土にいたもので、余に薬を盛ろうとしそうなもの、盛る機会があったものは三河殿ただ一人だ。しかし、あやつは容易に口を割るまい。三河殿に白状させるために、余は急遽この館をこしらえる一方でわらべ歌を京で流行らせた。だが、ほかのものにも可能性がないとは言えぬゆえ、柴田権六、高山ジュストも呼んだのだ」

「森蘭丸は……？」

「あやつは余を裏切る理由がない。しかし、ほかに許せぬことがあるゆえ呼びつけた。最初に死ぬのは蘭丸である」

　つまり、すべては徳川家康に罪を告白させるためのお膳立てだったのだ。

　秀吉は、自分も客のひとりとしてふるまいながら、信長が呼びつけた嫌疑あるものをひとりひとり観察した。また、彼らのなかには信長に対しひそかに許しがたい所業を行っていたものがおり、薬を盛っていないとわかったあとは、罪状の軽重によって彼らを処罰する、というのも信長の意図だった。

「なにもかもわしを陥れるためだったとは……」

家康は深いため息をついた。今や全員が彼の敵であった。もう逃げ出すことはできないのだ。

「陥れるとは失敬だがや。はじめに仕掛けたのはおみゃあの方だでよ」

「それはそうだが……なにゆえ右府殿は、おのれに対する『許しがたい所業』をその場で罰せず、こんな辺境の島に招いてから咎めることにしたのだ？」

家康が言うと、

「三河殿のお疑いはもっともやが、御屋形さまも薬を盛られたあとにはじめて、まわりのものたちがそれまで隠していた本性に気づいた、というわけだがや」

「ようわからぬが……なにゆえお気づきになったのだ」

「それはある事情からやが、まあ、まずは話をきいてちょう。――一番疑わしいのはもちろん三河殿であったが、ほかのものもそれぞれ疑わしいところがあったがや。柴田権六は、お市の方さまに露骨に執心して、浅井を滅ぼした。そして、御屋形さまにお市の方さまを嫁女に欲しい、と申し出て、それを断られたゆえ、御屋形さまを殺してやりたい……と周囲に漏らしておったそうだがや。三河殿は、ちょうど安土城下に来ておられた、というのが疑いをかけられた理由だに。高山ジュストは、パードレから切支丹伴天連(バテレン)の呪法を教えてもらい、それを御屋形さまに対して行ったのでは……という疑いだでよ」

「筑前殿……貴公はなにゆえ初手から右府殿に疑われることなく、すべてを打ち明けられたのだ」

「そりゃあ御屋形さまとおれは長年のつきあいだで、おみゃあたちとは信頼が違うでよ……と言いたいところやが、御屋形さまはおれが光秀からの『御屋形さまに謀反を起こす』という書状に対して、『天下のために思いとどまれ』という返事を出したことを知って、おれがご自分を殺そうとするはずがない、と思われただに」

「ううむ……」

「まずは、死んだと思われていた光秀とおれがじつは生きていたことの謎解きからするがや。――光秀は血を吐いて死んでいた。あの血はのう、血ではなく絵の具だに。おれがとりもちを喉に詰めて死んでいたのは、ありゃあとりもちではなく雑煮に使うた普通の米のもちだぎゃ。なかなか美味かったでよ」

「そんな簡単なことでわしらはだまされたのか……」

「役者の死に真似が上手かったせいもあるが、ふたりとも脈を取ったのは弥助だぎゃ」

家康は弥助をにらんで舌打ちをし、

「筑前殿の部屋から飛び出した人影はなんだったのだ」

「ああ、ありゃあジュスト殿だがや。光秀は部屋で死んどることになっとるが、ジュスト殿は自由に動き回れた」

「くそっ……」

「お蘭が死んだときのことはおれがさっき言うたとおりだがや」

秀吉の言うには、信長は柴田勝家に「夕餉の折に、蘭丸におまえの飲んでいたカップから酒を飲ませよ」と指示し、勝家はそのとおりにした。勝家のカップには毒が仕込まれていたが、膳の料理に解毒剤がたっぷりと入っていたので、同じカップから毒酒を飲んでも、蘭丸だけが死に、勝家はなんともなかった。

「蘭丸殿はなにゆえ殺されたのだ」

「その話はあとでするだに。――権六が死んだのも、お市の方さま欲しさにおれの申し出を飲んで本能寺に駆けつけるのをわざと遅らせた罰を受けたんだがや」

「修理殿そっくりの男をジュストやわしが見かけたのは……？」

「おう、そのことか。――権六」

　秀吉がカアテンに向かって呼び掛けると、

「うわあっ！」

　家康は悲鳴を上げた。現れたのは柴田勝家そのひとだったからだ。勝家は空いていた席のひとつに座った。

「こ、こやつはまことの修理殿か……？」

　家康の問いに秀吉は、

「影武者だぎゃ」

「影武者？」

「御屋形さまはのう、あの粗暴ものの権六を妹御前の婿にするのがどうしても嫌でのう、見かけはそっくりだが性質のよい男をひとり見つけてそのものに権六のしゃべり方から歩き方、考え方まで真似させたがや。この島に来たのがよい機会ゆえ、本物を殺して、入れ替えることにしたんだに」

「そ、そういうことであったか……」

　勝家の影武者は、

「うらは柴田修理亮勝家である」

　勝家そのものの声でそう言った。家康は彼を気味悪そうに見つめたあと、

「ジュストは……？」

「そうそう……ジュスト殿！」

秀吉がカアテンに向かって叫ぶと、それをくぐって高山右近が現れ、最後の一席に着いた。今度は家康も驚かぬ。

「こやつも替え玉か？」

「いや、まことのジュスト殿だがね」

秀吉によると、右近は自室にひとりでいるとき信長の訪問を受け、和田惟長の城で斬り合いになったときの人形を使った入れ替わりのからくりを暴かれたうえ、彼が信長に仕えている目的について糾弾された。そして、十字架に見立てた杉の木に人形を吊るすことなどを条件に、殺されるのを免れたのだという。家康が、

「ジュスト殿が杉の木に吊り下げられたやり口はさっきの筑前殿の絵解きでだいたいわかったが、そんな大げさなことをした理由はなんだ」

秀吉が、

「まずひとつは、わらべ歌の歌詞どおりに筋を運ぶことによって、皆の恐怖心を高め、罪を告白させるため。もうひとつは、客殿の外の庭園におれたちの目をひきつけることで、光秀の登場なぞを容易にするためだがや」

「たしかに……わしらが杉の木を見にいき、戻ってくると、広間に光秀がいた。光秀が死んだのも、杉の木から死体が消えたときだったわい……」

しかし、肝心の光秀は無言でまえを見ている。家康は咳払いをして、

「ジュスト殿が右府殿から糾弾された罪というのは、いったいなんでござる」

右近は沈痛な声で、

「下僕（やつがれ）は、御屋形さまに仕えており、山崎の合戦の折も恩義ある日向殿に与せず、御屋形さまの仇を討つために筑前殿にお味方して先陣を切って戦い申した。しかし、その実、下僕（やつがれ）がまことにお仕えしておるのは天にましますデウスさまでございます。日向殿や筑前殿、そして、御屋形さまを裏切ることがあったとしても、デウスは裏切れませぬ」

「それで……？」

「下僕（やつがれ）は、イエズス会のパードレに、この国を切支丹の国にするよう命ぜられております。仏教や神道を滅ぼして、耶蘇教の教えのみを信じる国にせよ、と……。そのうちにこの国は伊太利亜の植民地になるでしょう」

「なに？　それは国を売った、ということではないか」

「いえ、そうではありません。切支丹の国になることで、この国は今よりももっとすばらしくなるのです。下僕（やつがれ）はその先鋒として働いております」

「なるほどわかった。右府殿は、御身(おんみ)をイエズス会が日本を乗っ取るために放った傀儡……手先だと気づいたのだな」

「そういうことです。下僕(やつがれ)は、イエズス会の操り人形です。この国のため、世界のために日本を耶蘇教の支配下に置こうと工作していたのですが、日本にとって下僕(やつがれ)がしていることは売国奴のように思えるのでございましょう」

「思えるもなにも売国奴そのものではないか……」

「ですが、下僕(やつがれ)の申すとおりにしておれば、この国はやがて神の国となるのです。皆が幸せになれます。下僕(やつがれ)はそう信じて布教を続けております」

家康はため息をついたが、右近は、

「三河殿もいずれ下僕(やつがれ)が正しかったとわかるはず。死んでのち、皆で天国(ぱらいそ)に参ったるとき、下僕(やつがれ)に感謝してくださるはずでございます。御屋形さまも、お許しくださいました」

秀吉は、

「御屋形さまはおみゃあを許したわけではにゃあがや、ジュスト殿。南蛮との武器弾薬の取り引きのつながりを継続するために、イエズス会の企みを知りつつもおみゃあを生かしておく決断をなされただけだでよう」

「わかっております。下僕に機会を与えてくださったというだけで、御屋形さまには感謝しております」

右近は頭を下げた。家康が、

「人形が杉の木にぶら下がっているあいだ、貴公はどこにおられたのだ」

「地下道に潜んでおりました。涼しくてなかなか快適に過ごせましたよ」

右近はそううそぶいた。家康が、

「筑前殿まで死んだように見せかけたのはなにゆえだ」

「生き残ったのはおれと三河殿だけだに。その片方が死ねば、最後はわしの番だと三河殿は逃げ出すに決まっておるがや。つまり、海岸に行って舟に乗ろうとするだろうと思うたら……そのとおりになったわい」

「わらべ歌の見立てにしたのはなんのためだ」

「歌の文句どおり順番に死んでいくことで犯人を怖がらせて白状に追い込むためだがや。それと、三河殿が犯人ならば、つぎも歌の文句どおりなら泥船には乗ってはいかん、と思って木の舟に乗るやろう……そう思わせるためのダメ押しの仕掛けだに。案の定、おみゃあは木の舟を選び、沈没しかかったがや。キーッキキッ……」

家康はぎりぎりと歯ぎしりをした。

「安土の城に招かれたるとき、これ幸いなり、右府公を弑したてまつらんと毒薬を食らわせたつもりが上手くいかず、しくじったと思うて、露見せぬようそのまま大坂、堺へ向かったが、右府公の身体には変調が起きていたのだな」

「そうだに。それと……光秀の身体にもな。このふたりに同じ異変が起きたゆえ、御屋形さまはおみゃあが料理になにか混ぜたのではないかと疑いを持たれたんだがや」

「その光秀だが……」

家康はさっきから一言も発せぬ光秀をちらと見て、

「光秀が途中から現れて、すぐに死んだと見せかけたのはなにゆえだ」

秀吉は、

「それよ。そのことよ。そろそろその話をしようかのう」

家康はいらいらした口調で、

「筑前殿に言うてもらうより、光秀本人の口から聞きたいものだ。――光秀……日向殿、なにか言うたらどうなのだ!」

明智光秀は鷹のような眼光を放ちながら家康を見つめ、重い声で言った。

「余は、光秀ではない。――右大臣信長である」

しん……と広間は静まり返った。家康は、

「ば、ば、馬鹿な。そんなことがあろうはずがない。貴様は、顔かたちからなにからなにまで光秀そのものではないか！」

立ち上がった光秀の両眼がみるみる倍ほどに見開かれ、太刀を引き抜いた。

「たわけものっ！」

大喝が口からほとばしり出た。そのあまりの迫力に、家康は椅子から落ちた。

「曲がりなりにも数国を領する大名ともあろうものが、ひとを見かけでしか判断できぬとは情けないぞ！　心眼を用いてよう見るがよい。この……ド狸めが！」

その凄まじい言葉の圧に、家康は震えながら光秀を見つめているが、なにも言い返せない。汗が脇の下から垂れてきた。

「余が光秀か信長かわからぬようでは、即刻、駿府の領地召し上げるが、それでもよいのか！」

そう言いながら、光秀は刀の切っ先を家康の顔面に突き付けた。

「し、し、失敬をいたしました。右大臣……たしかに……たしかに右府公でござる。姿かたちは異なれど、その威厳……物言い……眼力……光秀の形を借りた右府公に違いございらぬ」

光秀はにやりと笑い、

「わかればよい」

そう言うと刀を鞘に収め、ふたたび着座すると、秀吉に向かって、

「猿……三河殿に説明してさしあげい」

「はは……心得まいた。――三河殿、おみゃあさまには信じられぬことかもしれんが……」

「いまだ信じられぬ……」

「おれも最初は半信半疑だったが、御屋形さまとおれしか知らぬはずのこと、ふたりの間でしか通じぬ冗談口なんぞをよう知っておいでゆえ、しまいにはとうとう信じるようになったがや」

「……………」

「御屋形さまのおっしゃるには、安土ご城下の大宝坊で光秀と揉み合ったとき、階段をもつれ合って転がり落ち、気を失った。気絶から覚めたとき、御屋形さまと光秀の『心』が入れ替わっとったげな」

「そのようなことがあるのか……」

「普通ならばありえぬ話だに。なれど、御屋形さまと光秀は、おみゃあが毒薬だと思うて飲ませた薬のせいで心と身体がおかしくなっていた。『影の病』の話ではないが、魂

をつなぎとめる働きが薬の効果で弱まっていたのやろ。ちょうどそのときにどえりゃー勢いでごつごつとぶつかったもんだで、そんなことが起きたがや。なにしろ、ここにおられる光秀……御屋形さまがなによりの証拠やのう」

「うーむ……」

「光秀は、おのれの見かけが御屋形さまになっていると気づき、これ幸いとそのまま織田信長としてふるまうことにしよったた。光秀になった御屋形さまがいくらそのことを主張しても、頭がおかしくなった、と一笑にふされ、だれも取り合わなんだそうがや。そりゃあそうだに。——急に織田家の総帥となった光秀は武将たちを指揮し、同時にこれまでの恨みとばかり御屋形さまをいじめまくった。御屋形さまは耐えるしかなかったがや」

「その気持ち、わからぬでもないが……」

「お蘭はのう、中身が入れ替わっているとはつゆ知らぬゆえ、光秀の命ずるとおり、それまでと同じように御屋形さまを罵り、扇で叩き、ときには足蹴にした。主君の上意とはいえ、御屋形さまにはそれが許されず、お蘭はこの島での最初の死人になった……というわけだがや」

光秀＝信長は表情を動かさぬ。秀吉は続けた。

「御屋形さまは、光秀が織田信長としてふるまい、織田軍団を牛耳っていることが耐えられぬようになった。そこで、おれの腹を確かめようと、光秀の名で『右大臣を殺す』という手紙を出した。おれが光秀をたしなめるような返事をしたので、御屋形さまは、『このあとなにがどうなろうと、天下は秀吉が受け継ぐだろう』と安心なさり、本能寺の変を起こしたがや。御屋形さまは、ただただ光秀だけを殺しさえすりゃあよかった。そのあと、おれや権六と戦うことになり、その戦に負けようとかまわんかった。それがあの無謀な謀反の真相だがや。案の定、おれと山崎で戦い、負けることになったが、御屋形さまは満足しておられた」

「ということは、やはり右大臣は本能寺で焼け死んでいたのか……」

「中身は光秀だがや」

「本能寺で右大臣を攻めていたのはじつは右大臣で、攻められていたのが光秀……むむ、ややこしい」

しかし、光秀＝信長にとってわからないのはどうしてこのような「魂の入れ替わり」が起きたのか、ということだった。光秀＝信長は、小栗栖村で土民の手にかかって死んだ、という噂が立ったことを幸いに、一旦身を隠して、だれがやったのかを探ることにした。そこで、この島に簡易な館を急造し、京の町でわらべ歌を流行らせた。

犯人の目星はだいたいついていた。徳川家康である。入れ替わりの相手である光秀が犯人、ということはありえないし、当時、秀吉は備中、勝家は越中、滝川一益は関東、織田信孝、丹羽長秀は長宗我部征伐の支度のため堺におり、安土にいたのは家康とその家臣たちだけだった。だが、光秀の外見になった信長が家康を問い詰めても、素直に白状するとは思えない。それで、わらべ歌のとおりに招待客を殺していき、最後にみずから告白するようにお膳立てを調えた、というわけだ。秀吉は光秀＝信長に向かって、

「御屋形さま、こんなもんでよろしいかや」

光秀＝信長がうなずいたので、秀吉は胸を撫で下ろし、家康に向き直って、

「おれは皆より三日もまえからこの島にいてよう、御屋形さまや玉殿、弥助と細かい打ち合わせをしたうえでいよいよ猿芝居の開幕だがや。お蘭は嫌味だし、権六は馬鹿だし、三河殿は疑り深いし、宗易は勘が鋭いゆえ、何度もばれそうになってはらはらしたが、なんとかかんとか御屋形さまの書いた筋書きどおりしまいまで運んだでよ。——光秀が途中から急に現れて、そのあとすぐに死んだのは、光秀と信長が別人だ、ということを示すためだがや」

「六本指の血の跡がついていたのは……？」

「キッキッキッ……ありゃあおれだわ。うっかりしとったがや」

「書状の筆跡や花押が右府殿の書いたものと同じなのはなにゆえだ」

「肉体が入れ替わると、まえの持ち主の身体の記憶もある程度引き継がれるらしいんだがや。見かけは光秀やが中身は御屋形さまゆえ、御屋形さまの筆跡や花押の書き方なんぞも覚えとって、身体が光秀でもほぼ似た文字が書けるだに。しかも、光秀の筆跡でも書ける。便利なもんだがや」

「なるほど……ひとつ合点がいったことがある。わしは、右府公はさほどの火縄銃の腕前とは聞いたことはなかったが、光秀はたいへんな鉄砲名人で、かつて一尺四方の的に二十五間離れたところから当てたことがあるとか。百の弾を撃ち、六十八は的の中心を射抜いた、とも聞いた。身体が光秀、心は右大臣とすりゃわからぬ話ではない」

そう言うと家康はうつむいて、

「右府殿……このわしをどうなさるおつもりか」

光秀＝信長は唇の右端を歪めて笑った。その笑いは信長の癖そのままだった。

「さて……どうするか、だが……余はかかる身体になってしまったゆえ、織田信長として復活するつもりはない。と申して、光秀のままでおるのも癪に障る。表舞台からは身を引こうと思う。――それゆえ余自身が三河殿を生かすの殺すの……ということは考えておらぬ。なれど……」

「なれど……？」

「余がなにもせずとも、ほかのものが黙っておらぬかもしれぬな。——のう、猿よ」

「キッキッキッ……さようですなあ。家臣として、御屋形さまに毒を盛ったものをそのままにしておくわけにはまいりませんだに。ジュスト殿もそう思わぬかや」

「ははっ、下僕(やつがれ)も三河殿の罪は万死に値すると考えます。どのような罰を……？」

「そやのう。三河殿には泥船にでも乗っていただこうか。それともカチカチ山のごとく、背中に火を背負っていただこうか……」

家康は、

「ま、待ってくれい。わしが悪かった。陳謝ですむものならいくらでも謝るゆえ、命だけは助けてもらいたい。これ、このとおりだ」

涙声でそう言うと、光秀＝信長に向かって土下座をした。光秀＝信長は鼻で笑い、

「猿、許してやれ。卑怯な狸親爺ではあるが、この国の将来のためには必要な人材じゃ」

「そ、そうでござるとも。右大臣が引退なさってからも、それがし、この国のために一身なげうって働く覚悟。また、なにかあったる折は、右府殿にご相談つかまつること約束いたす」

秀吉はしゃがんで、家康の顔をじっと見ていたが、やがて扇子のかなめのところで額をコッと打ち、

「三河殿、その言葉に嘘偽りはないかや？」

「武士に二言はござらぬ」

秀吉は光秀＝信長の方に顔を向け、

「こう申しとるだで、今度ばかりは許してやりゃーすか」

光秀＝信長はうなずき、家康は大きなため息を漏らした。宗易が、

「それでは、だいたいのことがわかりましたさかい、私が点てた茶でも飲んで一服しとくなはれ。明日には迎えの船も参りますゆえ……」

皆は薄茶を飲んだ。

「いやあ、この二日間はびくびくしどおしやったが、なんとかお役目が果たせたようだに」

秀吉が言うと、家康が、

「筑前殿の『推理』にすっかり感心していたが、まえもって知っていることを言うただけだったのだな」

「キッキッ……そういうことだがや」

家康は光秀＝信長に、

「右府公の寛大なるお裁き、この家康、生涯忘れませぬ。今日からは旧に倍して誠心誠意お仕えいたす所存……」

光秀＝信長はちらと彼を見てにやりとしたが、突然、千宗易に向き直り、

「宗易！　この茶の味はなんだ！」

そう怒鳴りつけた。その直後、秀吉が苦悶しながら茶碗を落とした。つづいて光秀＝信長、右近、勝家、玉、弥助たちも喉を掻きむしり、テエブルのうえに倒れた。

「は、はかったな……」

「ふふふ……ふふ……わしがなんの備えもなくこんな島に来ると思うたか」

家康はにたにたと笑いながら満足げに一同の様子を見た。

「ようやってくれた。わしもまさか右府殿と光秀が入れ替わっているとは思わなんだが、こやつらもわしと宗易がぐるだったとは思わなかったであろう」

「堺見物に参られた折に、相談がある、と急においでになられたときは驚きましたで」

「今、茶に入れた薬はわしが調合した『三日間ほどの記憶を消す薬』だ。それに眠り薬を混ぜてある。明日まで死んだように眠り、迎えの船に乗って、三河に着いたころにはここでの体験はすっかり忘れておるはずだ」

「殺すのではのうて、記憶だけ消すとは考えはりましたな」

「皆殺しにしてしまうと、いろいろ厄介なことになる。右大臣は本能寺で焼け死に、光秀は山崎の合戦で筑前殿に敗北を喫したあと小栗栖村で土民に殺され、筑前殿がこれから天下人に近づいていく……そういう歴史の流れは下手に動かしてはならぬのだ。そうでないと、わしがその延長においてすんなりこの国を得ることはできぬ」

「柴田勝家殿はどないなります?」

「おのれが替え玉であることも忘れて、柴田修理亮権六としてふるまうことになろう。そのあとのことはだれにもわからぬが、所詮は素人。武将としての手腕はないゆえ、早々に姿を消すだろうのう」

　そこまでしゃべって、家康はハッとして光秀＝信長を見た。

「右大臣殿……おまえさまは覚めておいでござるな」

　光秀＝信長は顔を上げ、

「はっはっはっ……気づいておったか、貴殿の薬を飲んで以来体質が変わってのう、たいがいの薬は効かぬ身体になったようじゃ。それゆえ余の記憶は消えぬ」

「む……」

　家康は思わず刀の柄に手をかけた。光秀＝信長は薄笑いを浮かべ、

「余と取り引きをせぬか、三河殿」

「取り引きとは？」

「余を信長と知るものはおぬしと宗易のみ。余は、さきほど申したとおり表舞台からは身を引くつもりじゃ。このまま余のことを黙っていてくれれば、おぬしがしたことは水に流してやろう。それとも余とここで命のやりとりをいたすか。ふたつにひとつじゃ。答えよ」

家康はしばらく考えていたが、

「ここで右府公を弑しても、世間は明智光秀を殺したとしか受け取らぬ。織田信長という人物はもうどこにもおらぬのだからな」

「そのとおりじゃ」

「わしは、かねてより右府殿を目のうえの瘤のごとくに思うていた。このお方さえおらねば、天下を取れるかもしれぬ、とな。しかし、右府殿は本能寺で死んだ……」

「さよう」

「一方で、わしは右府殿の戦におけるさまざまな知恵や決断力に敬意を払っていた。同盟者として協力してきたのもそのためだ。このお方は類まれなる武将としてかならずゆくゆくは天下人になる、と思うておった。――右大臣殿、わしに向後ともいろいろお教えくださらぬか。最後に笑うものになりたいのでござる」

光秀＝信長はよだれを垂らしながら眠りこけている秀吉をちらと見たが、

「よかろう。天下は、しばらくは猿めのものになろうが、期間は短かろう。そのつぎは三河殿のものだが、それは盤石のものとなる。余が力を貸せば……だがな」

「かたじけない」

家康は光秀＝信長の手を握った。

◇

三日目の朝、迎えの船が来た。秀吉、勝家、右近、玉、弥助は眠ったままそれぞれの船に乗せられ、三河の港へと向かった。家康と宗易のみが目覚めていた。また、光秀の姿はどこにもなかった。

すべての船が島を離れたあと、信長寺の一角から火の手が上がった。弥助が火を放ったのだ。炎はたちまちすべてを包み込み、本殿の仏像や客殿の廊下、客間を赤い蛇のように這いまわった。そして、一刻ほどのちには寺は庭園や土塀なども炎に巻かれてことごとく灰になった。その煙は三河はおろか遠く尾張からも見えたという。

補遺1・ほどなく尾張の清須城において、信長亡きあとの織田家をどうするかを決める「清須会議」が行われた。その席上、柴田勝家は秀吉が推す三法師を織田家の後継者とするなら信長の妹お市の方を娶ってもよい、という秀吉の申し出を呑み、お市の方を妻に迎えた。その約十ヵ月後、羽柴秀吉と柴田勝家は越前において雌雄を決し、結果、大敗を喫した柴田勝家はお市の方ともども自害した。

補遺2・この二年後、羽柴秀吉は小牧・長久手において徳川家康と合戦を行った。数のうえで圧倒的だった秀吉軍だが軍略においては家康軍にひけを取り、結果、両者は和睦した。

補遺3・羽柴秀吉はこの五年後、京都北野天満宮において千利休（宗易）らを茶頭とした「大茶湯」を催した。しかし、その四年後、秀吉は利休に切腹を命じた。理由は不明である。

補遺4・同じころ、羽柴（豊臣）秀吉は、九州において廃仏毀釈や葡萄牙（ポルトガル）人による日本人の奴隷化など、イエズス会による強引な布教が明るみに出たため、伴天連追放令を出した。高山右近は領地も城もなにもかも放棄して信仰に生きることになった。しかし、そののち天下が豊臣家から徳川家に移り、家康による一段と厳しい禁教令が発布されると、右近はマニラに移り住み、そこで没した。

補遺5・同じころ、玉は切支丹の洗礼を受けガラシャと名乗ることになった。のちに関ケ原の戦いが起きたとき、豊臣方大将の石田三成は玉を人質に取ろうとした。玉は自刃しようとしたが、耶蘇教の教義では自殺は禁じられているので、家臣に命じて首を打たせ、屋敷を爆破させた。

補遺6・明智光秀が山崎の戦いを生き延びて、のちに天海僧正と名乗り、徳川家康の参謀となった、という説がある。「かごめ歌」もその典拠のひとつだと言われている。

方言監修／スミダカズキ

著者略歴　1962年大阪府生，神戸大学卒，作家　著書『銀河帝国の弘法も筆の誤り』『蹴りたい田中』『忘却の船に流れは光』（以上早川書房刊）『さもしい浪人が行く』『臆病同心もののけ退治』『文豪宮本武蔵』他多数

HM=Hayakawa Mystery
SF=Science Fiction
JA=Japanese Author
NV=Novel
NF=Nonfiction
FT=Fantasy

信長島（のぶながじま）の惨劇（さんげき）

〈JA1462〉

二〇二〇年十二月十日　印刷
二〇二〇年十二月十五日　発行

（定価はカバーに表示してあります）

著　者　田中啓文（たなかひろふみ）
発行者　早川浩
印刷者　西村文孝
発行所　株式会社早川書房
郵便番号　一〇一 - 〇〇四六
東京都千代田区神田多町二ノ二
電話　〇三 - 三二五二 - 三一一一
振替　〇〇一六〇 - 三 - 四七七九九
https://www.hayakawa-online.co.jp

乱丁・落丁本は小社制作部宛お送り下さい。送料小社負担にてお取りかえいたします。

印刷・精文堂印刷株式会社　製本・株式会社明光社

ISBN978-4-15-031462-0 C0193

本書は活字が大きく読みやすい〈トールサイズ〉です。